Contemporánea

Camilo José Cela Trulock (Iria Flavia, A Coruña, 11 de mayo de 1916 - Madrid, 17 de enero de 2002), escritor y académico español, es uno de los autores imprescindibles en el canon de la literatura en lengua española. En 1925 se trasladó a Madrid con su familia y en 1934 comenzó estudios de medicina en la Universidad Complutense, que pronto abandonó para asistir como oyente a las clases de literatura contemporánea de Pedro Salinas. Es Salinas, a quien Cela enseña sus primeros poemas, una figura clave para el asiento de su vocación literaria. En 1940, Cela intenta una nueva carrera, esta vez derecho –que también acabará abandonando–, mientras escribe su primera gran obra, *La familia de Pascual Duarte* (1942), cuya segunda edición tuvo que ser publicada en Buenos Aires al prohibirla la censura franquista. A esta primera novela siguieron, poco después, *Viaje a la Alcarria* (1948) y *La colmena* (1951), también publicada en Buenos Aires e inmediatamente prohibida en España. En 1954 se traslada a Mallorca y poco después, en 1957, es nombrado académico de la lengua. Su obra, extensa y variada, se publica con asiduidad desde entonces. Entre ella, además de los títulos ya mencionados, cabe destacar *El gallego y su cuadrilla* (1949), *Del Miño al Bidasoa* (1952), *San Camilo, 1936* (1969), *Mazurca para dos muertos* (1983, Premio Nacional de Narrativa) o *Cristo versus Arizona* (1988). A ellas habría que añadir su labor como articulista para distintos diarios. Entre los premios que atesoró a lo largo de su vida es obligado citar el Príncipe de Asturias de las Letras (1987), el Nobel de Literatura (1989) y el Miguel de Cervantes (1995).

PREMIO NOBEL DE LITERATURA

Camilo José Cela

Nuevas andanzas y desventuras de Lazarillo de Tormes

DEBOLS!LLO

Papel certificado por el Forest Stewardship Council®

Primera edición: mayo de 2019

© 2002, Herederos de Camilo José Cela
© 2019, Penguin Random House Grupo Editorial, S. A. U.
Travessera de Gràcia, 47-49. 08021 Barcelona

Penguin Random House Grupo Editorial apoya la protección del *copyright*.
El *copyright* estimula la creatividad, defiende la diversidad en el ámbito de las ideas
y el conocimiento, promueve la libre expresión y favorece una cultura viva.
Gracias por comprar una edición autorizada de este libro y por respetar las leyes del *copyright*
al no reproducir, escanear ni distribuir ninguna parte de esta obra por ningún medio sin permiso.
Al hacerlo está respaldando a los autores y permitiendo que PRHGE continúe publicando libros
para todos los lectores. Diríjase a CEDRO (Centro Español de Derechos Reprográficos,
http://www.cedro.org) si necesita fotocopiar o escanear algún fragmento de esta obra.

Printed in Spain – Impreso en España

ISBN: 978-84-663-4596-5
Depósito legal: B-7.596-2019

Compuesto en M.I. Maquetación

Impreso en Black Print CPI Ibérica
Sant Andreu de la Barca (Barcelona)

P 3 4 5 9 6 5

Penguin
Random House
Grupo Editorial

Sumario

Nota sobre esta edición........................... 9

**NUEVAS ANDANZAS Y DESVENTURAS
DE LAZARILLO DE TORMES**

Nota sobre la herramienta literaria 15
Esta obra se divide en nueve tratados. 19
Unas palabras................................... 21

TRATADO PRIMERO. Donde yo, Lázaro, cuento
   cómo pienso que vine al mundo y dónde
   y de quiénes................................. 23
TRATADO SEGUNDO. Donde refiero cómo soy
   y hablo otras cosas del color y la estatura......... 31
TRATADO TERCERO. En el que oriento al lector para
   que conmigo pueda caminar el tiempo que
   caminé con el señor David, sin que le espanten
   humores de lagarto, ardores de alimaña ni
   olores de puerco 33
TRATADO CUARTO. Que trata de la paz que encontró
   mi alma paseando a orillas de los ríos, y habla
   también de las filosofías del penitente Felipe 51
TRATADO QUINTO. O el de la soledad: como ella,
   accidentado, y como ella, breve y temeroso 69

TRATADO SEXTO. Que se refiere a la gimnasia como medio de ganarse la vida y de perder la salud, y relata asimismo las extrañas costumbres del señor Pierre y la señorita Violette 75

TRATADO SÉPTIMO. En cuyas planas escribo de la traza cómo acabó mi amistad con el poeta y hablo de mi corto y estéril aprendizaje del oficio de mancebo de botica................... 94

TRATADO OCTAVO. Levántate, Simeón, o el arte de echar las cartas 114

TRATADO NOVENO. Donde relato cómo llegué a la corte y con qué compañía y pongo punto a esta primera parte del cuento de mi trotar 132

Epílogo.................................. 139
Nota del editor................................ 141

Anexo
Pícaros, clérigos, caballeros y otras falacias, y su reflejo literario en los siglos XVI y XVII........ 145

Cronología breve de la vida y de la obra de Camilo José Cela 161

Nota sobre esta edición

Nuevas andanzas y desventuras de Lazarillo de Tormes se publicó por primera vez, en dieciséis entregas, en el semanario *Juventud*, entre el 4 de julio y el 18 de octubre de 1944. El mismo año apareció en forma de libro (Ediciones La Nave, Madrid). Se trata de la tercera novela de su autor, después de *La familia de Pascual Duarte* (1942) y de *Pabellón de reposo* (1943). La explícita utilización del molde picaresco, empleado ya —aunque de forma mucho más velada e indirecta— en *La familia de Pascual Duarte*, evidencia el resuelto empeño de Camilo José Cela de postular, en el desolado panorama de la literatura española de la inmediata posguerra, la imperturbable continuidad de sus cauces más genuinos, más propios y representativos. Antes que el *Quijote*, *El Lazarillo de Tormes*, cuya edición más antigua remonta al año 1554, abrió el camino a la novela moderna y propuso lo que Francisco Rico llamó «un nuevo pacto de ficcionalidad». La tradición picaresca española, tanto o más influyente en el resto de Europa que el modelo cervantino, quedó asociada, dentro de la Península, a las lacras endémicas que desde entonces no han cesado de afligir a la historia y la sociedad españolas: la miseria, la venalidad, la violencia, el predominio sobre los ideales de los bajos instintos y las urgencias a que aboca la lucha por la vida... elementos todos en que radica la concepción del hombre que Cela no dejó de proyectar en toda su obra. Baste recordar las palabras que en 1957 antepuso a la tercera edición de *La colmena*: «La cultura y la tradición del hombre, como la cultura y la tradición del hombre y de la hormiga, pudieran orientarse sobre una rosa de tres solos vientos: comer, reproducirse y destruirse. La cultura y la tradición no son jamás ideológicas y sí, siempre, instintivas. La ley de la herencia —que es la más pasmosa ley de la biología— no está ajena a esto que aquí vengo diciendo. En este sentido, quizás admitiese que hay una cultura y una tradición de la sangre».

En su propósito de actualizar el molde picaresco, Cela contaba con el destacado precedente de Pío Baroja, cuya trilogía *La lucha por la vida* (1904-1905) suele considerarse como el resurgimiento del género en el siglo XX. Es de sobras conocido —y aceptado— el magisterio que Baroja ejerció sobre el Cela novelista, sobre todo en sus comienzos, y resulta evidente que es en su huella como Cela se plantea enhebrar su propia narrativa con la que se hacía en España antes de la Guerra Civil. Proponer una puesta al día del clásico fundacional de la tradición picaresca suponía, por otra parte, soslayar el debate ideológico a que inevitablemente daba lugar todo intento de enfrentar la todavía reciente tragedia sufrida por el país. Como ya había hecho con el *Pascual Duarte*, Cela encuadraba dicha tragedia en el marco de esa «tradición de la sangre» y de la violencia que, en definitiva, emparentaba a la ruinosa España de los años cuarenta con la no menos ruinosa España imperial. Una operación esta que no dejaba de sugerir lecturas críticas e incluso subversivas, pero que en cualquier caso era bien mirada por las instancias oficiales de la cultura franquista, para la que por aquellos años Cela —recuérdese— colaboraba como censor.

Desde este punto de vista, tiene interés el hecho de que *Nuevas andanzas y desventuras de Lazarillo de Tormes* se publicara en *Juventud*, «Semanario Nacional del SEU», es decir, del Sindicato Español Universitario, organización estudiantil de signo falangista con la que se intentaba por aquellos años aglutinar y tutelar los impulsos creadores y renovadores de la juventud española. Si se tiene presente que del entorno de revistas como *Juventud* o —muy cercanas a ella— *Garcilaso, La Estafeta Literaria* y *El Escorial* surgió una literatura de ademanes áureos y neoimperiales en la que se encuadra la tendencia que se calificó pronto de «garcilasista», cabe considerar que, tan cierto como que el «retorno» al molde picaresco suponía una forma de remitirse a la España imperial, lo es que ofrecía de ella su versión menos épica y gloriosa. Esta última perspectiva es la que mejor orienta la lectura de *Nuevas andanzas y desventuras de Lazarillo de Tormes*, novela que mitiga el realismo tremendista ensayado con *Pascual Duarte* sirviéndose del pastiche jocoso, lo que recorta en buena medida sus alcances críticos.

La obra fue recibida con reticencias por algunos sectores de la crítica de la época, y saludada por otros —entre ellos Alonso Zamora Vicente— como una oportuna «revitalización» del género. En el prólogo a una edición ilustrada de la novela, del año 1955, José María de Cossío destacaba los múltiples y evidentes paralelismos entre el anónimo del XVI y el texto de Cela. Este consideró siempre su libro como un ejercicio de penetración en los clásicos, un intento muy calculado —y hasta cierto punto fallido— de recrear su lengua y su estilo. En cuanto ejercicio, adolece de cierto voluntarismo y de cierta gratuidad. Está claro que *Nuevas andanzas y desventuras de Lazarillo de Tormes* no se sitúa en el eje vertebral de la narrativa de Cela, pero tuvo la virtud de catalizar un renovado interés por el género picaresco, que se reflejaría en no pocas novelas contemporáneas (de autores como Juan Antonio Zunzunegui, Darío Fernández Flórez, Pedro Álvarez, José Suárez Carreño) y en importantes acercamientos críticos (de estudiosos como Américo Castro, Pedro Salinas o Ángel Valbuena Prat). El eco de la novela picaresca resonará en el Miguel Delibes de *El camino* (1950) o el Rafael Sánchez Ferlosio de *Industrias y andanzas de Alfanhuí* (1951), y ya en la pleamar del realismo social y crítico, se dejará oír en novelas como *La resaca* (1961) de Juan Goytisolo. Pero sería el mismo Cela quien acertaría a servirse de sus componentes y a refundarla enteramente, en clave ya netamente contemporánea, en su siguiente novela: *La colmena* (1951), respecto a la cual *Nuevas andanzas y desventuras de Lazarillo de Tormes* admite ser tomada como una de las varias vías abiertas en la construcción del camino que conduce a ella. Antes de *La colmena*, sin embargo, Cela ya había alumbrado otra de sus obras maestras, *Viaje a la Alcarria* (1948), a la que también sirve de ensayo y precedente, en cierto modo, el tipo de novela itinerante y abierta que, mimetizando al *Lazarillo*, practica con fortuna y amenidad *Nuevas andanzas y desventuras...*, que en este sentido cabe señalar como importante obra de transición en la búsqueda y el hallazgo, por parte de Cela, de su propio cauce, de su propia voz.

Para esta edición se ha utilizado como texto base el fijado por el propio autor en la edición de su obra completa publicada por Destino-Planeta de Agostini, tomo I (Barcelona, 1989). Al texto de la novela se antepone la muy reveladora «Nota sobre la herramienta literaria» que Cela puso al frente de ella con motivo de su reedición en Destino, en 1960, dentro de sus primeras *Obras completas*. A modo de anexo, se da un artículo del mismo Cela titulado «Pícaros, clérigos, caballeros y otras falacias, y su reflejo literario en los siglos XVI y XVII», publicado en la revista *Edad de Oro*, núm. 4, Universidad Autónoma de Madrid, 1985, pp. 33-46. Cierra el volumen una somera cronología de la vida y obra del autor cedida por la Fundación Charo y Camilo José Cela.

LOS EDITORES

NUEVAS ANDANZAS
Y DESVENTURAS DE
LAZARILLO DE TORMES

Nota sobre la herramienta literaria

Todas las esquinas del saber o del adivinar literarios valen para elegir, entre sus sombras y recovecos, el tema de una tesis doctoral; si el talento o la suerte acompañan, o no, a su redactor, es ya harina de otra talega. Con estas *Nuevas andanzas y desventuras de Lazarillo de Tormes* quise ensayar mi madurez en el oficio de escritor. Sé bien que a la prosa di mayor eficacia, más elasticidad y belleza, años andando, libros andando, pero en el tiempo en que escribí estos nuevos lances de Lázaro —o estos lances, ni viejos siquiera, del nuevo Lázaro— fue cuando me planteé, con plena conciencia de lo que intentaba, mi propósito de conseguir un castellano de raíz popular que, apoyándose en la lengua hablada y no en la escrita, pudiera servir de herramienta a mis fines. Que la evolución fue lenta es cosa que no ignoro. En el *Lazarillo*, mi prosa aparece, con frecuencia, envarada y su técnica, no pocas veces, enseña aún su andamiaje; pero la verdad es —y así he de reconocerlo— que tampoco me fue posible dar el necesario salto a cuerpo limpio y de una sola vez.

Algo que me preocupó mucho por aquel tiempo fue el problema de si se podía llamar, o no se podía llamar, herramienta a la prosa, esto es: si la prosa y la herramienta eran un mismo objeto encaminado a la elaboración de lo que quería expresarse, o la prosa, por el contrario, era ya ese mismo objeto en sí. La verdad es que, antes de tomar partido por el primer supuesto, pasé por momentos de duda y confusión, de peligrosa duda y confusión que muy bien pudieran haberme esterilizado. El recuerdo de ajenas y pretéritas —y también bellísimas, sin duda— esterilidades me fue muy provechoso.

Cuando, en la adolescencia, estuve delicado de salud, leí todo lo que cayó en mis manos: con la fortuna —ahora me doy cuenta de ello— de que lo que cayó en mis manos de entonces fue lo oportuno y conveniente. En mis prolongados reposos pasé, sin transición alguna, de *Dick Turpin* y *Búffalo Bill* y de los libros de aventuras de Salgari y de Julio Verne, al *Espectador* de Ortega y a los setenta volúmenes de los clásicos de Rivadeneyra. Por desgracia, había tiempo para todo y, por suerte, ese tiempo no lo gasté tan sólo en cosechar los kilos que me faltaban.

Como es lógico, mis juveniles lecturas, recibidas tan en tropel y sin preparación mayor, me produjeron un beneficioso empacho —pero empacho al fin— del que tardé en reponerme. La belleza de Cervantes, la gracia de la picaresca, el talento de Quevedo, la delicadeza de fray Luis, la elegancia de Lope y la evidente claridad de Ortega —el único contemporáneo que en aquel tiempo leí— despertaron en mi espíritu la curiosidad literaria y la idea, que todavía propugno, aunque a veces haya dudado de su necesidad, de que el menester literario precisa de una tersura que sólo la conjunción de aquellos elementos —y de todos los que, siendo de noble ánima, quisieran añadírsele— pueden prestarle.

Ni que decir tiene que no vengo suponiendo que mi prosa sea el producto de aquella ideal poligamia. No llega a tanto mi insensatez. Pero que de aquellos polvos primeros salieron los ulteriores lodos de mi preocupación literaria ya no sería tan descabellado que se me permitiera sospecharlo. En este libro de ahora, aun con todas sus indigestiones clásicas, cobra evidente forma esto que digo. Y, aún más, en el hecho de que la mayor parte de sus correcciones, casi todas de índole gramatical (y la gramática fue disciplina que jamás estudié), se hayan producido sobre su primera edición: compárense sus notas a pie de página con las de las novelas anteriores, por ejemplo.

Aquella siembra precoz a la que tanto debo, aquel temprano descubrimiento literario que las circunstancias pusieron a mi alcance, me sirvió para percatarme de que la literatura, como todo en este valle de lágrimas —desde la filosofía hasta la cocina y desde el deporte hasta la vida misma—, es una cultura cuya técnica de adquisición conviene depurar. Es obvio que un hombre culto no es escritor por el mero hecho de ser culto. Pero tampoco es menos axiomático que el escritor que, sobre serlo, sea también culto (culto en el manejo de su propia técnica; no, claro es, culto en historia literaria), verá abrirse ante sus ojos horizontes mucho más hermosos y dilatados. El que consiga alcanzarlos, o el que se quede a menos de la mitad del camino, depende ya de las dotes naturales que hayan podido regalársele al nacer. La poesía y aun la novela tienen mucho de adivinación, ¡quién lo duda!, como también tiene mucho de adivinación la pura sabiduría, pero, si esa adivinación fruta en un terreno propicio y convenientemente preparado, debe admitirse que cabe suponer a la cosecha más próvida y lozana. A este respecto, es todo lo que tenía que decir.

El *Lazarillo*, considerado en el conjunto de mi producción literaria, es un libro crítico —valga el término «clínico»—, un libro que señala una época de crisis. De ella, tanto pude haber salido robustecido como depauperado. Entendí necesario probar mis artes de zahorí en el bosquecillo umbrío de los clásicos, tan rico en caudalosos veneros de saludable agua clara, y abrí mi pozo al pie del árbol de Lázaro, viejo y buen amigo. La elección no me resultó trabajosa y pienso que cualquier compañero, puesto en mi pellejo, hubiera elegido como yo elegí. El anónimo e ilustre *Lazarillo* que me sirvió de pauta es un prodigio de gracia y de sencillez que siempre conviene tener presente.

Hoy, al cabo de las ediciones, veo este libro mío con gratitud y con amor.

Palma de Mallorca, 25 de agosto de 1960

Esta obra se divide en nueve tratados
que son los siguientes:

PRIMERO

Donde yo, Lázaro, cuento cómo pienso que vine al mundo y dónde y de quiénes

SEGUNDO

Donde refiero cómo soy y hablo otras cosas del color y la estatura

TERCERO

En el que oriento al lector para que conmigo pueda caminar el tiempo que caminé con el señor David, sin que le espanten humores de lagarto, ardores de alimaña ni olores de puerco

CUARTO

Que trata de la paz que encontró mi alma paseando a orillas de los ríos, y habla también de las filosofías del penitente Felipe

QUINTO

O el de la soledad: como ella, accidentado, y como ella, breve y temeroso

SEXTO

Que se refiere a la gimnasia como medio de ganarse la vida y de perder la salud, y relata asimismo las extrañas costumbres del señor Pierre y la señorita Violette

SÉPTIMO

En cuyas planas escribo de la traza cómo acabó mi amistad con el poeta y hablo de mi corto y estéril aprendizaje del oficio de mancebo de botica

OCTAVO

Levántate, Simeón, o el arte de echar las cartas

y NOVENO

Donde relato cómo llegué a la corte y con qué compañía y pongo punto a esta primera parte del cuento de mi trotar

Unas palabras

Quiero que, una vez compuesto este librillo, salga a la pública luz, porque pienso que los lances que hube de pasar a más de uno servirá de provecho el conocerlos si los entiende con calma y tal como me sucedieron: unos detrás de los otros y todos preocupados por la honradez y la buena crianza que fueron normas de mi vida aunque, a veces, tan soterradas quedaran por la necesidad que el buscarlas resultara laborioso y gozoso el encontrarlas, de puro difícil que fuera.

El libro es breve como el de mi abuelo pero pienso que más vale así, porque pecado imperdonable hubiera sido inflarlo con humo de pajas que no dejara ver el grano y porque, si es bueno, queda mejor escaso, por aquello de que de lo bueno, poco, y, si es malo, también más vale siendo corto, ya que de esta manera me acarreará menos maldiciones. Y ser maldito nunca tiene cuenta, aunque se equivoquen.

Como si la divina providencia se sigue portando conmigo como hasta ahora aún muchos años de vida por delante parece que me han de quedar, prometo arreglar algunos puntillos desenderezados que seguramente se me habrán ido tan pronto como los conozca y haya aprendido la gramática, que ahora —a la vejez, viruelas— me he puesto a estudiar. Mientras tanto, valga como va, y que me sean perdonadas las pifias, las trabacuentas y las necedades que se me hayan escapado por las grietas que mis pocas letras dejan en mi cabeza entre seso y seso.

Y nada más, porque pienso que escribir así, de cosas sin sustancia y sin contar detalles, fuera bastante más difícil de lo que imaginara.

TRATADO PRIMERO

Donde yo, Lázaro, cuento cómo pienso que vine al mundo y dónde y de quiénes

Revolviendo una vez entre los papeles de un amo judío, boticario y —si hemos de creer a los deslenguados— también castrón, con quien tuve la malaventura de servir, me encontré cierto día con un libro que hablaba de un Lázaro de Tormes que seguramente ya habrá muerto y que si vive deberá ser muy viejo, a juzgar por las cosas que dice.

El libro no pone de quién es, lo que me causa cierta fatiga, ni en qué año fue compuesto, y de esta manera todo lo que averigüé fuera producto de mis conjeturas y, claro es, no muy de fiar.

Sin embargo, a mí el tal libro me produjo una gran alegría, porque también me llamo Lázaro y soy del país y porque, ya que la providencia no quiso darme padres conocidos y sí sólo candidatos a porrillo, me ilusiona pensar que aquel Lázaro fuera abuelo mío —y de ello ya lo trataré en adelante— e hijo de padres con nombre y apellido como Dios manda.

Yo no soy de las mismas aguas del río, como mi abuelo, ni de Tejares, como mis bisabuelos, pero sí de la tierra del Tormes, ya que, según lo más probable, donde vi la luz del sol por vez primera fuera en Ledesma, en la misma provincia de Salamanca, debe de hacer ya unos cuantos años, de los que no llevo la cuenta.

A mi madre no la conocí de vista, aunque sí de oídas y abundantemente, y ahora pienso que, para saber de ella las cosas que supe, más me hubiera valido ignorarlas.

Como sin embargo nada quiero callar, ahí va lo que sé de malo y de bueno, y quién sabe si falso, si verdadero.

Los más de los autores coinciden en que se llamaba Rosa de nombre y López de apellido y en que era una moza garrida, de lozana color y carnes abundantes, allá por las fechas en que yo vine al mundo.

Estaba para todo, como se dice, en casa del recaudador de contribuciones, y yo no sé a ciencia cierta qué es lo que este entendería por para todo, aunque me temo que más de lo conveniente y que metería en esa frase y dentro de mi madre algo que no sin peligro se saca ciertas veces.

De todas formas y como a mí no me agrada ser hijo de ningún chupador de sudores ajenos, alguna esperanza de no haber salido de tal cuerpo me queda sólo pensando que cualquier otro, de los muchos que la voz del pueblo apuntó como amantes de mi madre, puso los mismos medios que el recaudador, y aun quién sabe si más fuertes o más eficaces.

Otro novio que doña Rosa tuvo fue don Serafín Serrano, un confitero que era concejal, quien parece que bien libre está de ser mi padre, ya que, si hemos de hacer caso de rumores, el pobre no metía ni sustos y se dedicaba a regalarle yemitas a mi madre porque se dejase palpar por el escote.

Según dicen, el tal don Serafín evolucionó con los tiempos y acabó como los hombres, aunque sean confiteros, no deben acabar jamás.

También estuvo algún tiempo en candelero un factor de la estación, santanderino y mala persona, a quien —dicen que por faltarle un ojo, aunque yo no lo entiendo— llamaban Chubasco, cosa que le irritaba y le abría la espita de los pecados que echaba a borbotones por la boca como vómito de borracho.

Del Chubasco ya me da más que pensar si no seré hijo, porque, además de ser hombre fornido y jayán, parece que se juntaba con mi madre en mitad de la vía, sitio que siempre tuve por muy fecundo, no sé si por los aires del tren o por lo duro del lecho.

Por los tiempos en que mi madre quiso mejorar de situación y hacerse ama de cría anduvo también al retortero un tal Froilán Quinteiro, de oficio peón caminero y natural de Betanzos, de donde hubo de emigrar por no sé qué líos con el famoso capitán Sánchez a resultas de una partida de mus.

El Froilán había hecho ya algunos favores a ciertas mozas que quisieron prosperar y, como tuvo suerte y las dejó bien cubiertas a los pocos intentos, le pusieron por mote el Seguro.

Parece que el Seguro, que estaba cargado de hijos, se ayudaba para mantenerlos decentemente con el sobresueldo que sacaba como semental de las mozas que iban para amas y a quienes se encargaba de convencer su esposa Dorinda, celosa de recabar fondos para la familia.

Lo más probable es que a mi madre le prestara sus servicios graciosamente y en atención a lo florido de sus carnes. Por lo menos tal quiero pensar, porque no me decido a creer que fuera tonta sino más bien que se pasara de viva. Y después de todo, si el Froilán era seguro, ¿por qué no había de serlo también otro cualquiera, aunque tuviese que insistir un poco más?

Tan pronto como mi madre se encontró conmigo en el vientre se dedicó a cuidarme, cosa que una vez que hube salido jamás hizo, se conoce que para que no me estropease y echara por tierra sus buenos proyectos.

Nací, mamé de los pechos de mi madre durante dos semanas la leche que quiso darme y como, al fin de este tiempo, apareció una casa de Salamanca donde la patrona encontró más cómodo dejarme a mí en ayunas que amamantar a su hijo, para allá se fue, dejándome tirado al amparo de unos pastores que tan escasos recursos tenían como buena voluntad para mi desgracia.

Mi padre, el Chubasco, el Seguro o quien diablos fuera, nada quiso saber de mí, y mi madre, sabe Dios si como castigo a su egoísmo, fue a morir de un tifus cuatro años más allá cuando —¡también es casualidad!— estaba pensando en llevarme con ella, según doña Matilde, la madre de mi hermano de leche Desiderio, hoy abogadete en Valladolid y el tío más memo y desagradecido que me he echado a la cara.

El primer recuerdo de mi niñez me coloca agarrado a la teta de una cabra, mi madre adoptiva, la que me dio su calor cuando horro de calor estaba, su leche cuando hambriento andaba y sus inclinaciones cuando inclinarme era fácil de tierno y mamón como era.

Si alguna vez en mi vida me porté mal acháquese a las tendencias que, según dicen, se heredan de las amas.

Desde luego, entre haber mamado de las ubres de una cabra o haberlo hecho de las de una oveja, va grande diferencia, porque en esta vida —por cierto lo tengo— más vale topar que balar y preferible es cabrear a ovejear.

Como estaba de Dios que prosperase, la leche de la cabra me sentó como agua de mayo y me crié algo sucio, sí, pero lozano y fuerte como un roble.

A los pocos meses de mi vida, los pastores comenzaron a darme sopas de pan con vino, como a los caballos, alimento sano y caliente para los meses del invierno, que en el país son muy crudos, y que tiene la ventaja de ir acostumbrando las carnes al morapio, con lo que siempre se gana, amén de unas prácticas que alejan el feo vicio de la borrachera, un aromilla que destierra los espíritus de las enfermedades.

Lo cierto es que a mí me probaron las tales sopas como anillo al dedo, y que las enfermedades, si hemos de quitar dos o tres sin importancia, siempre me respetaron.

Las borracheras ya no me tuvieron tanto desapego, y con vergüenza y sonrojo he de confesar que el número de las que agarré a lo largo de mis años muy alto deberá ser cuando ya perdí la cuenta, aunque pienso, para consolarme, que sin la práctica de mis primeros meses con los cabreros la cantidad de ellas hubiera sido mucho mayor.

Cuando ya me tuve derecho y aprendí los dos o tres pecados que se precisan para que las cabras obedezcan, empezaron a dejarme en la cabaña al cuidado de algún animal enfermo o entretenido en mondarles las patatas o en mantener vivo el fuego de cocer el puchero, con lo que me fui haciendo al mismo tiempo pastor y pinche, y no digo que ladrón porque, aunque ocasiones de antojo me sobraron, siempre pensé que debería respetar la pobre hacienda de mis protectores.

El que sin apuro esquilmare a sus amigos por mal nacido deberá tenerse, que para aprovecharnos de ellos a diario ya nos topamos con desconocidos que nada podrán echarnos en cara.

A los cinco años de mi vida empalmé unas viruelas que me tuvieron al borde, si no del sepulcro, cosa que en aquellas laderas no se estila, sí del pie de un roble o de una encina, sitio ya más frecuente, pero que en el fondo viene a ser lo mismo.

Las tales fiebres me dejaron flaco y consumido y con más agujeros que una criba, señal que mucho me molestó por aquello de que todo el mundo siempre tenía que preguntarme algo y porque además fue causa de que al poco tiempo me colgaran el feo mote de Picado, con el que me conoce más gente de la que quisiera.

Las carnes las recobré quedándome semana y media en el chozo dedicado a las buenas costumbres y no haciendo más cosa que comer hasta cansarme, dormir para descansar y vuelta otra vez al principio.

Cuando me puse bueno todos vieron que había estirado cerca de un palmo, lo que bastó para que ya creyeran habérselas con un hombre y me llevaran con ellos a la faena. Un hombre, realmente, no sería, pero puedo asegurar con orgullo que en aquellos tiempos llegué a creérmelo, como lo prueba el celo que en el oficio ponía y el cantazo con el que a veinte pasos vacié un ojo al hijo del Mellado, mozo de más años que yo, pedrada de la que todavía se acordaban hace poco tiempo por Ledesma.

El mérito del cantazo no fue dejarlo tuerto, cosa no difícil con ayuda de la suerte, sino haberlo tirado a sobaquillo.

Como el trato del ganado es oficio duro y como la regalada vida de niño vi de cierto que había acabado para mí, procuré hacerme a los hábitos del pastor, lo que logré con la ayuda del tiempo y que si antes no alcancé fue por mor de esas resistencias que siempre tuvieron mis carnes a meterse en faena por sí solas.

El rabadán de aquellos pastos y de mis padrinos los cabreros era un sujeto mal encarado, de tez más que morena, falto de carnes aunque sobrado de espíritu para el mal, badajoceño y pendenciero, a quien llamaban Lucas de nombre y Cabrito de apodo y por detrás, ya que de frente hubiera tenido su peligro.

El tal Lucas siempre me miró con inquina y, como era malhablado de natural, no desperdiciaba ocasión para mentarme a la madre —no sola sino acompañada del juicio que le merecía—, cosa que a mí me sacaba los colores de la vergüenza y hasta me hacía llorar, quién sabe si por encontrarlo demasiado cierto en el fondo.

Con él siempre procuré andarme con ojo, porque bien seguro estoy ahora de que, a la primera pifia, me hubiera tundido a cachavazos hasta deslomarme.

Del pellejo de una res teticiega que matamos y con la ayuda de los buenos consejos de Sebastián, un pastor que para mí fuera talmente como un padre, logré hacerme unos calzones abrigosos, dejando el pelo para adentro, y escurridos para el agua enseñándole a las lluvias el curtido, con los que anduve varios años tan orgulloso como si hubieran sido de terciopelo.

Como el cintal me lo ponía mismo debajo del sobaco y me quedaba el vientre guardado y caluroso, muy bien debí de haber hecho las digestiones por entonces, ya que se me veía medrar a cada día.

Por los hombros llevaba una zamarra que hice con la piel de una oveja muerta que encontré y que tanto me calentaba el pecho que la mitad del año la llevaba colgada del fardelejo, y a los pies me eché unas abarcas que tiró por viejas Lucas el Cabrito, después de haberlas recortado no poco y enderezado lo bastante para quitarlas el vicio.

A la cabeza lo primero que llevé fue una boina con más agujeros que un balcón, que sólo me duró el tiempo que gasté en alcanzar mejor cosa que ponerme, que vino a ser una gorra de visera que me regaló un tísico porque le dejara colgarse de la teta de una cabra hasta hartarse de mamar, faena que consentí, no por la gorra, sino porque pensé que hacía una obra de caridad.

Por si los pastores no pensaban lo mismo, lo metí en el chozo a que hiciese la mamada y, como la teta no se daba vacía y él parecía no hartarse de chupar, trabajo me costó buscar una disculpa cuando vi que los hombres se acercaban ladera abajo.

El hombrecillo, quién sabe si por temor a que le hicieran vomitar la leche, salió arreando con su débil trote por la senda, consiguiendo taparse con unas piedras antes de ser visto, después de haberme dado la gorra en premio.

Cuando los pastores me vieron cubierto como un caballero con aquella prenda que, aunque me llegaba hasta la nuca, dejaba pronto ver su calidad, me preguntaron por ella, y que dónde la había encontrado, a lo que hube de responderles que había venido volando con el viento, lo que no creyeron, pero lo que les hizo reír a carcajadas y cesar en sus preguntas.

—¡Qué hijo de tal —decían—, cómo inventa sus patrañas!

Lo malo fue cuando quisieron ordeñar la cabra que dejó caer una meadina de leche y tenía aún las ubres calientes y que bien se vengó así del trato que con ella quise comerciar, ya que, de la mano de palos que me pegaron, si no solté la leche que robé fue porque Dios no quiso.

Al tísico, aunque me dijeron que era de aquellos barros, no lo volví a ver, por lo que debe de estar muy agradecido al Criador, ya que entonces juré cobrarme a cantazos el sobreprecio que los pastores pusieron a la visera, y que aún hoy, si pudiera, quién sabe si no lo haría.

Después de recibir los palos y pasarme la noche llorando a moco tendido, empezó a cobijar mi mente la idea de la fuga, que no quise intentar hasta tener unos ahorrillos en la bolsa con los que marchar más sobre seguro.

Como a real los domingos, que me daba doña Blasa la Machorra por acercarle en tal día una cántara de leche hasta su casa, poco iba a prosperar, tuve que ir dando largas al negocio hasta que a los dos años, una tarde que estaba a la vista de un ganado que ramoneaba por el robledal, tuve la fortuna de darme de hocicos con un saquito con dieciséis duros dentro, que escondí contra el pecho y tuve buen ojo de no dar a nadie cuenta.

El tal saquito fue pregonado con pelos y señales y hasta ofrecieron una recompensa a quien, habiéndolo encontrado, lo devolviera, pero me pareció que más cauto sería hacerse de extraño, ya que el premio, según pensé, nunca alcanzaría los dieciséis duros encerrados.

Con esta cantidad y otros siete y pico que tenía de los ahorros, ya había bastante para echarse al mundo.

Busqué sin prisas la ocasión, que fue a parecer al comienzo del invierno, una madrugada que bajábamos ajorando camino de los pastos.

La luz no había nacido cuando tiré en sentido contrario que mis compañeros, con tanta prisa como decisión y tanta cautela como miedo, ya que, de haber sido alcanzado, a estas horas a buen seguro que no lo contaría.

Con veintitrés duros y once reales encima juzgaba que jamás me moriría de hambre, aunque quién sabe si de palos, vergajazos o perdigonada de guardajurado. Lo que ha de pasar en los años que quedan por delante es cosa que sólo Dios lo sabe y a nadie dice.

El mundo es grande, cierto es, aunque no tanto como entonces pensara, pero los cuartos que llevaba encima tampoco iban en bolsa pequeña, sobre todo para entonces.

A los pastores no los volví a ver, ni ganas que tuve en la vida. Les guardo agradecimiento por haberme dado de comer, pero cariño, lo que se dice cariño, jamás llegué a cobrarles.

Tenía entonces un servidor ocho años cumplidos, que es una buena edad para empezar a usar de la razón.

TRATADO SEGUNDO

Donde refiero cómo soy y hablo otras cosas del color y la estatura

Aun cuando el orden fuera seguir por donde empecé y contar ahora, haciendo pasar otra vez el tiempo por delante, lo que me sucedió con el señor David cuando hube de abandonar a mis primeros amos, pienso que más conveniente será tomarse esta licencia y referir cómo soy de por fuera, ya que de por dentro sólo Dios lo sabe, y relatar también cuáles fueran mis señales por si me pierdo.

Mi tamaño de alto, según me dijeron en el servicio, es de un metro y cincuenta y nueve, lo que no es abundante, ciertamente, si pensamos que los hay más altos, pero lo que tampoco es escaso si nos paramos a ver que también los hay más bajos.

Yo me conformo con mi estatura, porque no fuera de bien criados tratar de enmendar la plana al Padre Eterno y porque, además y bien mirado, no soy ni tan pequeño que tenga que andar cantando para que no me pisen, ni tan grande que tenga que agacharme al pasar las puertas.

Mis carnes no son ni escasas ni abundantes y así ni gordo ni flaco pueden llamarme y las tengo, si no sabiamente, sí repartidas con cierta discreción.

Mi color es sano, tostado por el sol y curtido por todos los vientos, desde los del noroeste, que suelen ser heladores, hasta los del señor David, que por cálidos y entonados siempre los tuve, y, si no fuera por estas marquillas de viruela que me quedaron, a fe que no tendría feo rostro con mis ojos castaños y mi abundante pelambrera negra.

Los brazos y las piernas los tengo recios y derechos, los pies, anchos y grandes, quién sabe si de tanto andar, y las manos, duras, aunque no largas.

Cruzándome la frente por encima del ojo izquierdo, tengo una ligera señal como de cuatro dedos que me dejó como huella un vergajazo que por allí pasó, y debajo de la oreja del mismo lado quedan todavía las reliquias de una mojadina navera que recibí una vez que en Ávila se empeñó un jaque en marcarme a punto de navaja, como si fuera una cachava o un cinturón.

La sonrisa ha asomado a mis labios no menos veces que el llanto a mis ojos, y así las arrugas que tengo en la cara tanto pueden denotar alegría como pena, según la luz y el calor con que se miren.

Para acabar mi retrato sólo me resta decir que mi sangre, aunque desconocida, debe de ser pura, ya que nunca padecí de granos ni sarpullidos, y que, si bien no tan clara como la de un duque, tampoco la tengo por tan sucia como la de los albarazados, los jíbaros o los calpamulos. Lo que, bien mirado, no es moco de pavo ni cosa tan poco importante como para ser olvidada.

TRATADO TERCERO

En el que oriento al lector para que conmigo pueda caminar el tiempo que caminé con el señor David, sin que le espanten humores de lagarto, ardores de alimaña ni olores de puerco

Era la anochecida y sobre el campo se extendían las negras sombras.

Al principio sentí el primer miedo de mi vida al no ver cerca de mí persona alguna a quien mirar, o amo o amigo con quien hablar, o patrón, en fin, que me arreara una tunda o me escupiera una saliva.

Miré para la cumbre de las montañas y escuché el ruido del viento en el monte bajo.

Sentí un escalofrío de gozo cuando me tenté los pechos y oí sonar en la palma de la mano el acompasado golpe del corazón. Era una criatura y soy un viejo; pero de aquellas escenas me acuerdo con una firmeza ejemplar.

Cuando calmé mis ansias, me enteré de la lechuza que silbaba en la copa pegajosa de un chaparro, del murciélago que perseguía el último insecto volador, del escuerzo que golpeaba siniestramente la tierra como un martillo de veneno.

Como tomar las cosas demasiado a lo serio nunca me trajo buena cuenta, tan pronto como pude desechar los primeros temores resolví probar a reírme, para lo que ensayé jocosas imaginaciones que pronto me devolvieron el contento.

Un tísico chupando de una cabra, Lucas el Cabrito haciendo de cuerpo o doña Blasa la Machorra llamando pendejo, hechicero y gilipuertas a su pobre marido son cosas capaces de alejar el miedo más hondo para traer la risa más divertida.

Tal hice y tal gracia llegué a hacerme a mí mismo que, recobrada la confianza, tiró el cansancio del sueño y este de mi voluntad, y fui a terminar durmiendo como un tronco al pie de una barranquera que por allí había.

Cuando me desperté, todavía de noche y con las estrellas sobre mi cabeza, pasé por unos momentos en que llegué a pensar si no estaría muerto y transportado al cielo, tal era el dulce bienestar que el fresquito de la mañana daba a mis carnes y la suave placidez que la música que escuchaban mis orejas —la primera que oyeron en su vida— diera a mi espíritu.

Agucé el oído y sentí, traído por la brisa, un dulce y lejano concierto que tan pronto parecía de noble instrumento como de ruin vientre.

Esperé tumbado y con paciencia a que llegaran los primeros claros de la madrugada, y cuando estos comenzaron a señorear sobre el campo me fue dado ver cómo tres hombres, raros de aspecto como nunca los había visto y como jamás en la vida los había de ver, se aplicaban a su oficio de músicos con una diligencia que muchas veces pensé lo útil que me hubiera sido de haberla yo alcanzado en alguna ocasión.

Como mi roncar y mi dormir, por lo visto, había sido más discreto que su soplar, su rascar y su velar, logré que no se dieran cuenta de la vecindad hasta que a ellos quise presentarme, y así, desde detrás de unas matas que había sobre la barrancada, pude contemplarlos a mi gusto y enterarme bien de sus extrañas costumbres.

Los tres eran viejos, y los tres, barbudos: uno con la barba blanca, el de la flauta; otro con la barba entrecana, el del fagot, y otro con la barba negra, el del violín.

Vestían remendados trajes de pana, camisa sin color conocido, faja negra o de color y se tocaban, los dos que iban tocados, el violinista y el flautista, con extraños y altos sombreros, quién sabe si de copa en tiempos aunque entonces ya no más que de mojada y deslustrada chimenea.

Sentados formando corro se afanaban en hacer sonar sus instrumentos, y con tal ímpetu llegaron a conseguirlo que lo que en suave comenzó y en espiritual tan fuerte y voluntarioso llegó a ser que extrañado estoy todavía de que el alboroto no lo hubieran oído en la misma Salamanca.

Cuando hicieron alto y sacaron una bota de vino, pensé que había llegado la hora de mi presentación y así lo hice sin encomendarme a santo alguno de mi devoción —que de tan joven como era no lo tenía— ni a hada madrina de ninguna clase, que ni la tuve entonces que era niño ni ahora que soy reseso la he conseguido.

Los músicos, de cerca, tenían aún más rara figura que a lo lejos, y calcúlese lo sucios que andarían para que su porquería llegara a llamar la atención a un rapaz que no se señalaba por el aseo.

Cuando me vieron, pararon en la maniobra de beber de la bota y me miraron con ojos casi espantados.

—¿De dónde has salido? —me preguntó el de la barba blanca, que después averigüé que era el más importante.

—Pues ya lo ve usted, mi amo —respondí con respeto—, dicen que va ya para los ocho años que salí del vientre de mi madre.

—De ahí hemos salido todos —me dijo sentencioso—, cada cual del propio de la suya, quiero decir, pero no es eso lo que te pregunta este humilde apóstol de la verdad.

A mí me entró un temblor cuando le escuché sus extrañas palabras, porque creí habérmelas con un loco o con un sacamantecas, pero pronto me tranquilicé al percatarme de que, en aquel campo, puestos a correr los tres detrás de mí, jamás me cogerían, y cuando vi en sus labios medio morados la amorosa sonrisa que puso para decirme:

—Y no de ese lugar que respeto, no por vientre, aunque sí por fecundo, te pregunto si has salido, como te digo, sino de dónde rayos hasta aquí has llegado, que ni mis hermanos ni yo te hemos sentido venir.

A lo que hube de responder como mejor supe y ahora no recuerdo, pero que pienso debió de haber sido con discretas razones, si consideramos que al poco ya me daban de beber de la bota y me preguntaban si quería aprender la sabiduría de la música.

El que así me habló me dijo que su nombre era el del rey David, y su apellido, el de un fabricante de clavos que se llamaba Andrade y que había sido su padre, pero que el vulgo, ignorante del árbol de las genealogías, se limitaba en el mejor de los casos a llamarle el señor David, y en el peor, Carneiriño branco —que en su lengua, que era la gallega, significaba carnerito blanco—, mote que acataba por modestia y para hacer sacrificio.

Ni lo de blanco ofrecía duda, ya que de los muchos pelos que enseñaba ninguno era de otro color, ni lo de carnero tampoco, porque puestos a compararle con un animal ninguno parecía más apropiado, pero lo de carnerito mucho me dio que pensar, ya que siempre creí que el señor David más tenía de morueco que de cancín, por lo mismo que más tenía de viejo y grande que de tierno y llorador.

Pero las cosas son como están hechas, y así y no de otra forma hay que tomarlas.

A sus hermanos, como él decía, me los presentó con gran ceremonia y me dijo sus nombres y sus apodos con tal educación que mismo parecía que estábamos entre caballeros.

—Este —me dijo señalando al del fagot— es el que me sigue en edad y en saber, y se llama Tomás de nombre, como el apóstol que dudó de la verdad, y Suárez de apellido, como su madre, que no recuerda el que tenía el padre. Toca el fagot, conoce el lenguaje de los pájaros, entiende la ciencia de las estrellas, saca fuego de dos palos y, a pesar de sus barbas, da todavía unos lucidos saltos mortales. Nadie —añadió con gran lujo de misterio— sino el Sumo Hacedor que todo lo dispone, la madre que lo parió y que lo bautizó, nosotros a quienes nos lo dijo y tú, a quien te lo decimos, sabe que su verdadero nombre es el tan noble y hermoso de Tomás Suárez, y las gentes, por ignorancia, le llaman Cachimbo, nombre que nada significa.

Hizo una breve pausa, miró para las montañas, y dijo:

—¡Hermosa mañana! ¿Eh?

—Sí, señor, muy hermosa.

—Pues como íbamos diciendo. Durante luengos años anduve desazonado creyendo que su nombre también lo sabía la guardia civil de su pueblo, que es Boñar, en el reino de León, pero gracias a Dios mis temores eran falsos.

El tal Cachimbo o Tomás Suárez, mientras hablaba Carneiriño branco, se estaba con los ojos clavados en los pies con gran respeto, y sólo habló cuando le dijo el señor David que cuáles presagios daba la alondra de la mañana sobre mi presencia allí, como un ángel anunciador, según decía, en la babilonia de su corazón.

Tosió un poco con una tos ovejuna y con su bien timbrada y fina voz nos aseguró que la alondra anunciaba venturas y tres pesetas, palabras que bastaron para que sus dos amigos se lanzaran por aquellos barbechos con la mirada fija en la tierra durante cerca de una hora, quizás para aclarar si en aquello de las pesetas no erraban el pájaro ni el amigo.

Cuando volvieron, tan de vacío como se habían ido, el señor David consoló con frases cariñosas al Cachimbo y le dijo que no se preocupara, ya que el no haber hallado las tres pesetas era a buen seguro culpa de lo defectuoso de la busca.

El del violín, cuya presentación se me había hecho más confusamente, y a quien el jefe hacía a todas luces menos caso, me dijo que su nombre era Abraham y que el arco que en la mano llevaba era como el hambre, que hacía cantar las tripas, con el mérito, que el hambre no tenía, de que sacaba ruidos y sonidos de tripas muertas y secas y no de estómagos aún húmedos, aunque moribundos y aburridos.

Imitaba el croar de las ranas con perfección, el canto del cuclillo y el ruido del viento en un campo de trigo, todo con la boca, y decía con gran orgullo que era descendiente directo de un virrey de las Indias que se llamó Bantabolín, hombre que murió en el singular combate que sostuvo con el chino Jesusito, que tenía pacto con los demonios de lo profundo.

Todas las historias que me contaron los músicos se me quedaron fijas en la memoria como si allí me las hubieran clavado y, no sé si por lo tierno de mi sesera o por lo estrambótico de las invenciones que me contaban, lo cierto es que no creo haber olvidado ningún sucedido de importancia.

Hacia el mediodía, un nubarrón que sobre nuestras cabezas se posó descargó sus aguas con tal brío que mismo parecía toda la tierra un tambor y nosotros, como no teníamos más que un tabardo con que cubrirnos, con él nos tapamos las cabezas, en rueda como las yeguas por defenderse del lobo y dejando los culos fuera, ya que nunca por tal parte entran los constipados, según decía Carneiriño branco.

Cuando pasó la nube, volvieron ellos a los instrumentos, por ver si el agua los había enmudecido, y todos a resucitar el fuego donde hubimos de secar las tan mojadas partes de nuestros cuerpos que el tabardo no cubría.

Abraham me siguió contando que su abuelo Bantabolín fue hechizado por las malas artes del chino Jesusito, quien, viéndose acorralado en buena lid, y cuando ya Bantabolín lo iba a derrotar, le escupió ácido —que tal veneno tenía por saliva— en medio de la cabeza, plantándole fuego al pelo y que, cuando su antepasado se llevó las manos a tal sitio para apagarlo, aprovechó él taimadamente la ocasión para segarle el cuello de dos tajos, ya que es de ley que, así como a los reyes hay que darles tres golpes de espada para separarles la cabeza, a los virreyes, como su abuelo, basta con dos, y a los demás mortales, como él y como yo, basta con uno solo. La cabeza del virrey Bantabolín, según cuenta la leyenda, se quedó con los ojos abiertos y la boca sonriente, y tal encanto tenía que las dos esposas del chino Jesusito, la china Esmeralda y la china Sirena, que no tenían pacto con el demonio, murieron de pena cuando su marido fue a mostrarles el presente, castigando así la traición que dejó a las Indias desgobernadas.

A mí aquella historia del abuelo del violinista no me pareció demasiado verdadera, bien es cierto, pero, como el hombre parecía que gozaba en contármela y en la vida bastantes embustes mete uno para que no aguante los de los demás, hice como que me lo creía, cosa que él me agradeció y a mí no me causaba ningún trabajo y me reportaba alguna que otra sardina ahumada, algún que otro trozo de cecina y algunos pedazos de pan de gratitud. Dios dispone las cosas de forma que los hombres de buena voluntad se ayuden los unos a los otros.

Con el señor David y sus amigos anduve hasta cerca de cuatro años cumplidos, y en ellos, además de trotar por los campos y por las aldeas, me fue dado aprender las artes de mis amos: tanto las buenas, como la solfa y la conversación (que tan buenos servicios me hubieran de prestar), como las malas, llamando así a las de hipnotizar gallinas sólo con mirarlas a veinte pasos, por ejemplo, o a las de saber gruñir igual exactamente que los puercos, lo que no tendría malicia si no fuera por la intención de esperarlos con un saco para mordaza y una navaja para el corazón, detrás de la peña adonde los encaminaba un poco su torpe curiosidad y otro tanto, que era el resto, nuestra taimada ciencia.

Después que me admitieron en su compañía con la obligación de hacer cuanto se me ordenara y el derecho a no tener ninguno más que los que quisieran irme dando —y el tiempo vino a demostrar que, si yo no me hubiera tomado alguno que otro, hubiera perecido—, levantamos la marcha y anduvimos vagando por aquellos contornos, y pronto me fue dado ver que mis protectores los artistas no eran tan espirituales como a primera vista parecían y sí, en cambio, hombres prácticos y sagaces y sobradamente acostumbrados a salir gananciosos en la empeñada y eterna lucha con los días.

En cuanto me consideraron como paje o criado, olvidaron su refinada y estudiada manera de hablar y se mostraron tan soeces y juradores como mis antiguos amos, forma natural que abandonaban en cuanto volvían a encararse con un extraño, a quien trataban de nuevo remilgadamente, le hablaban de las aves y de los astros y le relataban las hazañas de Bantabolín.

Entre sí se llevaban mal, pero preferían no separarse porque formaban buena cuadrilla. Cuando armaban bronca, ya era sabido que quien acababa llevándose los golpes era yo, pero por ello no les guardo rencor porque la cosa no dejaba de ser natural. Al andar de los años, cuando llegué a tener criado, hice lo mismo, y no creo que tampoco a este le haya parecido mal; de momento a nadie gusta que le peguen un revés en el pescuezo o un punterazo en el trasero, pero a la larga, si uno es criado, acaba por reconocer que para eso está, y se aguanta.

En general, la vida que me daban era aperreada, pero se podía soportar. No siempre se comía pero, eso sí, siempre había emoción. En aquella comarca, en cuanto que nos arrimamos a la frontera, el negocio estaba en robar a unos contrabandistas para vender a otros. La cosa no era demasiado difícil; los contrabandistas eran gentes sencillas, vecinos de aquellos pueblos, que guardaban la mercancía en las covachas de las barrancadas y no las iban a recoger hasta haberlas vendido sobre seguro. El secreto estaba en entretenerlos, y de ello se encargaban Carneiriño branco con su flauta y Cachimbo con su fagot, mientras Abraham y yo los desvalijábamos. Encontrar las cargas era cosa fácil para Abraham, que conocía de memoria unas cuevas que había por la parte de Fuentes de Oñoro. Lo difícil venía después, cuando había que vender, y más de una vez hubo que tuvimos que tirar con todo en mitad del campo por miedo de caer en manos de los carabineros. Cuando apañábamos alguna ganancia limpia ya era sabido que nos esperaban días y, a veces, hasta semanas enteras, de holganza, porque mis amos, como es de ley entre artistas, hurtadores y atopadores de fortunas, más tenían ciertamente de distraídas y alocadas cigarras que de industriosas abejas o de previsoras hormigas.

Con ellos adquirí el mal hábito de no guardar para el mañana —que Dios ya parece querer que vaya siendo el presente—, y así hoy me encuentro pobre como los topos, después de que por mis manos pasaron a lo largo de mi vida buenas pesetas, siendo lo más grave que a ellas no se pegó ninguna, ni a mi bolsillo tampoco, y lo más doloroso todavía el que no pueda uno decirlo con la cabeza en alto y achacarlo a honradez. Que robar y gastar es lo que deja: pobreza y amargor.

Pueblo hubo, que recuerde, bien gobernado, donde el alcalde, hombre de sentido, velando por la hacienda de sus vecinos, nos dio a elegir entre el término municipal o la cárcel, elección que no pensamos, como se puede suponer.

Así en Barba de Puerco, sobre el río Águeda, de donde nos echaron quitándonos, de paso, del zurrón dos gallitos naturales de Aldea del Obispo, muertos los pobres la atardecida anterior, al tiempo que nosotros pasábamos por su pueblo.

Al abandonarlos les prometimos, si no empeñarnos en su rescate, cosa que nos parecía un tanto expuesta y punto menos que imposible, sí vengarlos crecidamente de tan tirana autoridad y así, una vez que las estrellas llegaron a lucir firmes en el negro cielo, nos adentramos solapadamente en el villorrio y, acordándonos de que se llamaba Barba de Puerco, delante de las barbas, aunque dormidas, de todos los vecinos, arramplamos con un cerdo que nos costó tanto trabajo hacer callar que cuando lo conseguimos era su cadáver lo único silencioso que en la aldea había.

Echaron el campanil a vuelo, nos achucharon los perros, nos persiguieron a tiros y a pedradas, pero, como la noche estaba de nuestro lado, conseguimos escapar sanos y enteros, aunque sin puerco y atemorizados.

A la madrugada, ateridos de frío, aun sin haber parado ni un solo instante, estábamos sobre un altozano a la vista de Lumbrales, poblacho donde nos fue a ocurrir la extraña aventura del loco, escena que hoy todavía me sobrecoge las carnes cada vez que la recuerdo.

El hecho fue —y en sí no tiene mayor importancia si no fuera por el susto que nos dio— que, al meternos a descansar y tomar un poco de vino en una posada que hay al entrar a la mano derecha, se nos acercó un mozo que ya empezaba a dejar de serlo, quien con honestas palabras nos pidió que le socorriésemos, que su padre lo tenía abandonado. A nosotros nos causó extrañeza que un hombre de aire sano y fuerte como un roble pidiera la caridad llorando el desvío de su padre, pero, como íbamos cansados y maltrechos y en aquel pueblo más valía caer en gracia que ser graciosos, miramos para el señor David, quien con buena prisa ya sacaba una moneda del pañuelo.

—Que Dios os lo premie, señores, allá en la gloria —nos dijo el mozo—; cuando ya tenga bastante, lo he de gastar todo en una misa.

—¿Por vuestra alma, acaso? —le preguntó Cachimbo.

—No, señor, que mi alma ya está perdonada.

A nosotros nos olió a peregrina la respuesta, pero como lo que queríamos no era conversación, sino descanso, empujamos la entornada puerta del mesón y nos colamos en el zaguán, que era oscuro y silencioso.

Cierto que era aún muy de mañana, pero, como todos esos pueblos suelen ser madrugadores y el alba ya hacía rato que había levantado, nos entró sospecha de qué pasaría cuando ni una voz resonaba ni en las calles ni en el mesón.

El mozo se mostraba locuaz.

—Cuando se les acostumbre el mirar ya verán algo más.

—Eso esperamos. ¿Y la gente?

—Se ha echado al campo; es muy cobardona.

—¿Toda?

—Casi toda. En cuanto que pasa algo ya están corriendo de un lado para otro.

—¿Y es que ha pasado algo? ¿Han bajado los lobos?

—No, señor, los lobos hace ya tiempo que no bajan al pueblo; como ahora el ganado anda en el campo...

—Ya, ya. Entonces ¿es que ha habido algún robo, algún crimen?

—¡Ca! ¡No, señor! ¡Lo que hay son cuestiones de familia! Mi padre, sabe usted, que era muy cerrado de mollera; y mi madrastra, que era una tía zorra. Ahí están.

Efectivamente, el mirar ya se nos había acostumbrado y, detrás de nosotros, colgados de una viga, estaban el padre y la madrastra del mozo. Los pies les quedaban como a palmo y medio del suelo, y la muerte parecía haberlos estirado. Hay muertos a quienes les suceden cosas que nadie se figura.

Mis tres amos se echaron sobre el hombre y lo sujetaron y lo ataron. Luego, sentado sobre una banqueta, decía:

—Arriba hay más; no sé si han muerto..., esta gente es muy cobardona. Salí con la escopeta a tiros por la calle y echaron todos a correr...

El pobre desgraciado resultó que estaba loco como una cabra, pero en el piso de arriba había otra viga y dos criadas colgadas.

Ahora, cuando lo recuerdo, pienso que anda uno vendido por la calle, y no sé si reírme o echarme a temblar. ¡Ese es todo el vivir!

Entonces, cuando sucedió, me quedé de una pieza —tan de una pieza como mis amos— y estuvimos los cuatro sin dormir cerca de una semana.

—¡Si este se llega a enterar de las mañas del chino Jesusito! —le decía de broma Carneiriño branco a Abraham.

No más lo hubimos sujetado, oímos en la calle como una lejana algarabía de tropel de gentes que se acercara y cuando nos pusimos a la puerta por ver de qué se trataba —aunque ya lo sospechábamos— nos encontrarnos con una rara multitud armada de toda suerte de armas que enmudeció y se paralizó a prudente distancia en cuanto que, en vez del loco, vio que éramos nosotros cuatro los que salíamos del mesón.

—¿Dónde está el Julián? —nos gritó el que parecía mandar y que después supimos que era el alcalde.

—Si el Julián que nombráis es el que cuelga —le respondió Carneiriño branco— ahí dentro lo tenéis, bien atado de los pies y de las manos; si es otro el Julián, ni yo ni mis hermanos sabremos daros cuenta.

—¡Mirad, que no nos engañéis!

—¡Como hay un Dios que hace brillar el sol, que es verdad todo lo que os digo! ¡Preso me doy de vuestros hombres hasta que vos mismo os percatéis!

—No es menester, que vuestras palabras bien parecen sinceras.

—Como lo son.

Ya más confiado fuese acercando el grupo y nosotros, por darle mayor ánimo, les hacíamos ademán con los brazos de que íbamos desarmados y nos separábamos de la puerta y nos poníamos en medio de la calle para hacerles ver que no buscábamos defensa, y sí sólo acabar con todo aquello y echarnos a descansar, que era lo que apetecíamos.

Cuando llegaron a veinte pasos hicieron alto de nuevo y de la fila se salieron el alcalde y dos más, quienes hablaron en baja voz con mis amos y después, quedándome yo de puertas, se adentraron en el mesón, cosa que debió de haber sido invento del mismo Lucifer, porque el loco, en cuanto los vio, empezó a rugir y a temblar y a echar espuma por la boca, y ellos, a asustarse y a gritar como mujerzuelas y a correr de un lado para otro, sin encontrar la salida, y los de fuera, al oír el alboroto y creyendo a buen seguro que era una celada, la emprendieron a tiros y a hondazos con la casa, de forma que no dejaron cristal sano ni teja alguna en su lugar y con ella en el suelo hubieran venido, si en el zafarrancho no se llegaran a encontrar los seis hombres en el corral y juntos no aparecieran, por la retaguardia, a calmar a los asaltantes.

Alguno de estos hubo, sin embargo, que, en la embriaguez de la victoria que ya veía aproximarse, costó trabajo apaciguar y convencer de que mis amos eran amigos y parciales del pueblo, y no de su enemigo, pero de ello se encargó el alcalde, apoyado en su autoridad y en los buenos argumentos que a voces tan recias pregonaba, que para mí tengo que debieron de ser oídas en la Tierra Santa donde, según es fama, vivió nuestro Señor Jesucristo cuando anduvo, como ahora andamos nosotros, caminando por este valle de lágrimas y de desdichas.

El pobre Julián apareció muerto y aporreado, pero el forense dijo, cuando le hizo la autopsia, que todos los palos y navajazos los recibió ya cadáver. Más vale así.

En el pueblo, cuando vino el señor juez con toda su corte de curiales y su rabo de guardia civil, se procedió diligentemente a descolgar al padre, a la madrastra y a las dos criadas del Julián; y los vecinos, no sé si para festejar Dios sabrá qué rara figuración de la sangre o si solamente por espíritu de imitación, el caso es que también empezaron a descolgar de las campanas de sus chimeneas toda suerte de morcones, jamones, lomo en tripa, chorizos, salchichas, morcillas y demás embutidos, con lo que —si a la larga perdieron los que antes habían tenido— a la corta salimos todos gananciosos y bien alimentados.

Cachimbo nos decía que era la providencia que así dispone las cosas —sabiamente para solaz y beneficio de los buenos— y que, si la noche anterior no nos hubieran perseguido como a garduñas, a estas horas andaríamos aún a mitad de camino, que no hay nada que más aligere el andar que el miedo a los palos.

—Y a fe que no decís mentira, amigo Cachimbo —le replicó Abraham—, sino verdad y gran verdad, que habiéndome yo purgado, hace ya muchos años, con el sulfato de unas uvas que comí y que no eran mías, y tratando de arreglar el mal que tuve con el único medio que se me ocurrió, que era echar de mi cuerpo todo lo mucho malo que en él sobraba, acertó a pasar el amo —que era un clérigo recio, barbudo y montañés— cerca de mí y a descubrirme ensuciándole las vides, y no más me hubo mirado, y yo visto la vara en que se apoyaba, para que mi mal se llegara a cortar mismo de raíz y yo saliera con los calzones en la mano, como una criatura, y echara a galopar por el camino abajo.

—Y en esto tampoco decís mentira, Abraham, que yo supe de pastor que, estando en cuclillas a la necesidad, recibió noticia de su compañero de que el tren le había deshecho el burro, lo que fue bastante para que se subiera la pana y estuviera sin bajársela quince o veinte días.

—Porque hay quien asegura que un susto puede tener efecto contrario, ya me entendéis, Cachimbo, pero para mí tengo que la impresión detiene el vientre y la cercanía de los palos apresura las piernas.

Carneiriño branco, que mientras sus dos amigos se dedicaban a tales filosofías y a coloquio tal, no nos había dicho ni una sola palabra, me llamó al grupo en el que estaba con el señor alcalde, el señor juez, el sargento de la guardia civil y alguna otra autoridad.

—Este mozo que aquí ven es mi ahijado, hijo de una hermana mía. La pobre era tan patriota que murió de pena cuando se enteró de lo de Cuba. Su padre también allí fue muerto…, y nadie se lo agradeció. ¡Vaya por Dios!

—¡Aún queda gente honrada! —dijo el alcalde.

—¡Aún, sí, señor! —dijo el secretario del ayuntamiento.

—¡Con lo fácil que habría sido arreglar todo eso! —suspiró el sargento de la guardia civil.

Carneiriño branco sonrió.

—Pues ya lo ven ustedes: conmigo, que soy pobre y miserable, recorriendo los interminables caminos de la patria. Pero no me pesa su compañía. ¡Es el hijo de una hermana!

Me tenía agarrado con sus gruesas manos por debajo de los sobacos, y yo miraba para el suelo y me mostraba humilde porque bien entendía que, si hubiera metido la pata, me habría estrangulado como a un pajarito.

El señor alcalde, que tenía el corazón tan blando como duro el semblante, dijo que o poco había de poder o aquella injusta situación repararía, y, haciéndolo al paso de su habla, señaló al secretario que avisara a Simón el pregonero, quien —bizco como su madre lo echara al mundo y paticorto de la derecha como el sargento, hacía ya muchos años, lo dejara al derribarlo de la tapia del cementerio abajo— se presentó con la gorra en una mano, por el respeto que era debido, y la corneta en la otra, por el oficio a que se dedicaba, y, luego de haber escuchado lo que el alcalde le dijera, pasó a soplar del tubo, con lo que el personal se fue silenciando y, a quienes escuchar quisieron, les fue dado oír el pregón con el que comenzó mi ruina cuando cabía pensar que hubiera de ser el paso primero de la felicidad. Pues la gente, digo, hizo el silencio y el pregonero Simón, después de dar tres toques y ponerse con un pie para delante, echó sus palabras, que todos aprobaron con agrado y a nosotros nos llenó de contento.

—Este sí que es bueno —le decía por lo bajo el señor alcalde al secretario—, mucho mejor que el Juan, ya se lo decía yo. Este tiene cariño a las palabras y, si lo hubieran agarrado por Salamanca, seguro estoy que hubiera llegado muy alto.

—Sí, señor alcalde, eso también creo yo. Y, en cuanto a lo del Juan, ya usted sabe por qué yo lo decía. Que el deber es sagrado, señor alcalde, y usted conoce esto mejor que nadie.

—Sí, amigo, ya le entiendo. Ya sé que usted siempre es fiel a las ocasiones de azar y de peligro.

—Es favor, señor alcalde. Y bien dice usted de lo de llegar alto Simón; que otros con menos arte componen coplas y con menos amor escriben libros. Y este, con humildad, dice pregones bien dichos y bien medidos y si se le tentare la soberbia —cosa que Dios no haga— hasta creo que versos habría de ser capaz de hacer pegar.

Al paso que el alcalde y el secretario terminaron su reservado coloquio, iba ya el rabo del tercer toque por el camino de los montes y el Simón escupía para aclarar la voz con la que hubo de decir que las tres autoridades ponían cada una diez reales de su bolsillo para socorrernos y que el señor alcalde esperaba del pueblo de Lumbrales, que siempre había dado muestras de su caridad, que había de ayudar con lo que su bolsillo y su conciencia aconsejaran a remediar la triste situación del huérfano —que era yo— a quien tan amorosamente habían recogido los que salvaron al vecindario de una catástrofe —que eran mis amos los salvadores y el Julián el azote— y ahora eran los huéspedes de más provecho que por el pueblo jamás hubieran pasado.

Cachimbo y Abraham, que habían estado lejos, cuando tal oyeron abrieron los ojos como besugos, y si no fuera por el mirar de Carneiriño branco, que les decía que habían de callar, a buen seguro que hubieran metido la pata.

Las otras dos autoridades a quienes el señor alcalde se refería, y que habrían de contribuir con otros diez reales de su bolsa, eran el señor juez y el señor sargento de la guardia civil, quienes pusieron los mismos ojos de Cachimbo y Abraham —si bien por otro motivo— y sacaron, mal que les pesara, las veinticinco perras unas detrás de las otras, que fueron a caer en el rincón donde se recogían las limosnas.

Todos los hombres del pueblo por allí pasaron y, unos más otros menos, todos también allí dejaron sus cuartos en el montón que con tanto y tan bien disimulado alborozo veían crecer mis amos.

Cuando ya por el bulto vio el alcalde que bien se nos pagaba, dijo que bueno, que ya bastaba, que para un huérfano y sus protectores ya harto había, y que no era conveniente seguir adelante, ya que lo regular arregla la necesidad, al paso que lo mucho estropea las vidas y las conciencias.

Yo no sé dónde lo mediano acaba y en qué lugar lo excesivo comienza, pero discurro que los veintiocho duros y pico que entre todos reunieron para nuestro obsequio mucho debió de haber sido, ya que a resultas de aquello, si bien nuestras vidas no se estropearon más de lo que ya estaban, sí nuestras conciencias se malearon con la avaricia.

El caso es que mis amos anduvieron a la greña aquella misma noche, y tales cosas llegaron a decirse y con tan recia voz que la gente, que más quiere creer a los que riñen lo malo que dicen que a los pacíficos y a los contemplativos sus honestos comentarios y sus pláticas discretas, tan mal llegó a pensar de la cuadrilla que, si antes de nacer el nuevo día mis amos no hubieran levantado el vuelo, sus bienhechores del día anterior se habrían encargado de ponerlos con las alas bien cortas en el corral de donde no hay gallo que se escape.

Yo aplaudo la decisión de mis amos de no haber parado en Lumbrales ni una hora más cuando las cosas se pusieron turbias, si bien entonces hubiera preferido que, aunque no me hubieran llevado con ellos, sí dejaran conmigo lo que mío era —o por tal lo tenía—, esto es, la parte que de la colecta me tocara.

Lo cierto fue que mis ahorros con ellos volaron y yo allí me encontré solo, deudor de una noche de posada y sin una moneda en el bolsillo ni nada encima del cuerpo que una moneda valiera. Cuando uno es tierno como yo era entonces, comete con frecuencia las más necias imprevisiones, y una de ellas —la que lloré en Lumbrales— fue la de creer honrados y cumplidores a los hombres hechos y derechos, cuando la experiencia viene después a aconsejar que la honradez y el buen cumplimiento no son cosas de la edad ni de estado alguno del alma o del cuerpo y sí virtudes tan escasas como deben de ser ya los leones por nuestros montes. Con la parte que yo juzgaba mía —a eso vamos— se le pegaron al bolsillo de Carneiriño branco los ahorros que todavía me duraban, y ahora recuerdo sin demasiada rabia aquellos consejos que me daba y que yo tan ciegamente creía.

—Hijo mío, la gente es mala y ruin y, al verte mocito y desmedrado, si huelen que llevas cuartos encima, capaces son de hacerte grave daño para desvalijarte. Trae acá tus fondos, que más defendidos van contra mi pecho, y, cuando tengas alguna necesidad, no te dé rubor el pedirme lo que es tuyo, que —si no es para gasto vicioso— yo te he de devolver.

Tales prédicas me echaba y tan malos y numerosos me pintaba a los ladrones que el recelo que de natural le tenía fue disipado y el saquito cambió —después vi, cuando ya no tenía remedio, que para siempre— de faja y hasta de amo.

Pero, bueno, contando iba que solo, deudor y pobre me quedé en el pueblo, y que los vecinos, que el día anterior tan amorosos estuvieron, cuando se enteraron de que Carneiriño branco, Cachimbo y Abraham me habían robado, lejos de ponerse de mi parte, como yo creía, arremetieron a insultarme por el único delito que me tocaba, que resultó ser el de no tener parentesco alguno con el señor David, ni padre guerreando en Cuba, ni madre muerta de pena. A la gente bien sabe Dios que no hay quien la entienda.

—¡Ah, bribón —me decían—, conque esas tenemos, que ni tu padre murió de defender la patria ni tú eres huérfano honrado! ¡Ya te vamos a dar engaño, ya! ¡Ya te enseñaremos a no reírte de la gente de bien!

Yo estaba encogido y atemorizado, y así me mostraba, y pienso que sólo de esta forma logré aplacar sus iras y hacer que me permitieran vivir entre ellos, sirviendo para todo y no tomando de nada durante los meses que con tal gente pasé, que pienso debieron de ser bastantes.

Buenos eran unos y malos otros —ya se puede suponer—, y de aquella temporada no demasiadas cicatrices me quedaron, lo que no es poco.

Pero Lumbrales era un pueblo sin aliciente, y mi ansia muy grande, para que en él cupiera.

Una mañana de verano —dejando un año por en medio—, sin escapar de nadie, ya que a nadie debía porque todo se me había perdonado, con la cabeza alta y en la bolsa una hogaza de peso, tiré por la carretera en el mismo sentido que de noche llevara el llamado Camino de Santiago, y no paré hasta poco antes de llegar a las orillas del río Yeltes, donde encontré un nuevo amo a cuyo arrimo seguir y con el que me acaecieron las hazañas que más abajo quiero relatar.

TRATADO CUARTO

Que trata de la paz que encontró mi alma paseando a orillas de los ríos, y habla también de las filosofías del penitente Felipe

Ya se veía la raya de chopos que marcaba el Yeltes con toda claridad, cuando descubrieron mis ojos a un hombre despiojándose sobre una piedra, desnudo de medio cuerpo y tan flaco que mismo semejaba ser espejo de la muerte o anuncio del hambre. Parecía absorto en su ocupación, y, como no daba muestras de querer acabar en todo el día, preferí interrumpirle y presentarme yo solo sin esperar a que él pudiera verme.

—Buenos días nos dé Dios a su merced y a mí —le dije—. No quiero hacerle molestia, y sí sólo que me admita a mirar cómo mata los piojos, si esa es su voluntad.

—Sí, hijo —me respondió—, quédate a lo que quieras, que si no me molestas tan bien me he de llevar contigo como con todos mis semejantes. No me llames su merced, que no me gusta, y alcánzame aquel pañuelo que el viento se quiere llevar. ¿Amas la naturaleza y sus encantos?

—Sí, señor; las dos cosas.

—¿Y los ríos rumorosos llenos de sabrosas truchas?

—También; sí, señor.

—Veo que eres joven de fino espíritu y que conmigo has de congeniar. ¿Tienes familia?

—No, señor.

—Mejor para ti, que así no la pierdes. Yo tuve mujer que acabó loca y tiró para el monte.

—¡Vaya por Dios!

—No, hijo, mejor hemos de decir: ¡vaya con Dios!, y no apartarnos de las orillas de los ríos. ¿Amas la paz del alma?

—Sobre todas las cosas, señor.

—Pues no te internes en tu vida por las montañas; sigue el curso de las aguas y procura siempre no caminar por sus bordes cuando tan anchos sean ya que vadearlas resulte difícil.

—Sí, señor; he de seguir sus consejos, y ello lo verá usted si, como dice, me permite andar a su vera.

Con estas o parecidas palabras nos conocimos y trabamos amistad, y mi nuevo amo —el penitente Felipe, como él modestamente se hacía llamar— me pareció desde el principio un alma cándida, con lo que se me alegraron las carnes, ya que para pillos había tenido bastante con los músicos que tan mal resultado me dieron.

—Mira, hijo —siguió diciéndome otra vez—, que ya eres mayor para lavarte y me parece que no lo haces. Piensa que la roña, aunque cicatriza la sangre, cría moléculas y otros virus de las enfermedades, y que si los piojos se matan uña con uña, los microbios se escapan, porque se meten en los pelos y entre las arrugas de la piel. Sé aseado, que poco cuesta, y lávate el cuerpo en las cristalinas aguas, ya que más vale prevenir que curar —como dijo el sabio rey Salomón—, y en nada beneficia andar tapado por la mugre como losa de cuadra. Piensa que más hermosa es la luna cuanto más clara aparece, y piensa también que un hombre limpio es bello como una voladora mariposa, al paso que otro sucio es feo como una rastrera alimaña.

A mí tales amores a la limpieza me llamaron un tanto la atención, porque nunca me había parado a pensar que el agua sirviera para mayor cosa de utilidad que para criar ranas, pero he de confesar que, aunque al principio la encontraba algo fría, y después de limpio me notaba como desabrigado, cuando le cogí afición y el penitente me enseñó a nadar, llegué a cobrarle cariño y grande admiración; tanta por lo menos como a mi amo, a quien siempre quise y veneré como gran hombre y respeté como se merecía.

El penitente Felipe cuidó siempre con esmero de mi formación, y a su lado tales cosas llegué a oír que de habérmelas aprendido hubiera acabado en astrónomo o en naturalista, los dos oficios —a mi modesta manera de sentir— si no de más lucimiento, sí de mayor sabiduría.

—Astros he descubierto —llegó a decirme un día— que, de no habérselos tragado de nuevo la misteriosa sombra del más allá, solos hubieran bastado para llenar un mapa bien nutrido. Miro para el cielo, por las noches, y en cuanto que veo uno nuevo, como a los viejos ya los conozco a todos, saco el papel en que les llevo la cuenta y apunto su nombre y su distancia de la estrella Polar, que es así como la madre de todas.

—Sí, señor.

—Y cuando el nombre no lo leo en mi cerebro, cosa que rara vez ocurre, rezo cinco gloriapatris seguidos sin respirar, como si tuviera hipo, y una luz aparece ante mis ojos con el nombre de la nueva estrella bien dibujado.

—Sí, señor.

—Una hubo, Suptonga se llamaba porque era hembra, que estuvo dando vueltas con todo el firmamento durante muchas noches, hasta que desapareció. Estaba a cuatro dedos a la derecha de la estrella Polar, y su sitio jamás lo vi pintado en ningún plano ni su nombre escrito en ninguna geografía.

—Sí, señor.

—En León se lo dije a un maestro de escuela que me presentaron, quien, lejos de ayudarme a difundir mi hallazgo, hizo mofa de mí y de mi ciencia y me preguntó si quería aprender la regla de tres simple. ¡Ese es el escarnio de las gentes a quienes vuelan en alas del saber y caminan, incansablemente, en pos de la verdad!

—Sí, señor.

—¡Ya lo creo que sí, hijo mío! ¿Te gustó eso que dije de las alas del saber?

—Sí, señor; es muy bonito.

—Pues no es mío, hijo; debo decirte la verdad y no adornarme con galas ajenas. Se lo oí a un veterinario de Cuenca —lejano país por el que también caminé—, y desde entonces siempre fiel me ha acompañado y jamás se borró de mi memoria. Lo que sí es mío es eso de incansablemente, que ahí metido parece que hace bien. ¿No es así?

—Sí, señor; así es.

—Pues bien, mocito, como diciéndote iba: el maestro de León no me lo creyó y se rio en mis propias barbas. Yo, aunque otra cosa puedas pensar, nada hice contra él; ni lo denuncié al señor gobernador por ir a favor de la ignorancia, ni tampoco al señor obispo por negar la obra de Dios nuestro Señor. Pensé que ya bastante castigo tenía con su ruindad y lo dejé marchar. ¡Sólo perdonando se tendrá clemencia con nosotros algún día! ¿Verdad?

—Verdad; sí, señor.

—¡Y acostumbrando al bien a nuestros semejantes día llegará, no lo dudes, en que no se tirarán pedradas en el mundo!

Al principio de escuchar sus filosofías me pareció el penitente Felipe, no sólo hombre de raro saber —que por tal siempre lo tuve—, sino también espíritu serio y contemplativo, como a un hombre de ciencia corresponde y poco amigo de hacer mofa de las imperfecciones ajenas, y aun quién sabe si menos todavía de las suyas propias, pero cuando un día me preguntó: mozo, ¿crees en la transmigración de las almas?, tal susto llegó a pegarme y en tan mala ocasión que no faltó ni un pelo para que me hiciera perder el habla y hasta casi el movimiento.

—Mi amo —le dije— ¿no ha pensado usted que todavía soy tierno para conocer de esas cosas, y que aún mi saber es escaso y ruin, y ninguna idea ni palabra alguna se me ocurre para responderle?

—No, hijo, nada de eso; que bastante ya sabes sólo con existir, porque en ti a lo mejor está metido el espíritu de algún santo, o de algún sabio, o de algún famoso guerrero de la antigüedad y tú lo ignoras; que más ajeno todavía está un gallo que hay en mi pueblo que antes fue procurador de los tribunales y hasta diputado provincial, y hoy tan bajo ha caído que sólo la providencia sabe qué fin le está deparado después de que haya pasado por la cazuela, como es de ley que en su encarnación de hoy día le acabe sucediendo.

Tales cosas, oídas en soledad y saliendo de tan rara persona, llegaron a forzar mi risa poco a poco y por las esquinas de la boca, sitio por donde no hay disimulador que capaz sea de disimularla, y aunque para mantenerme serio y prudente imaginaba —entre otras figuraciones de aún más grande pavor— que rondaba la muerte nuestras cabezas, llegó el momento en que la risa tan impaciente y escandalosa llegó a ser que, no pudiendo sujetarla, la dejé marchar como mejor quiso, que realmente fue de la peor manera que pudo y mezclada con saliva, cosa que tanto le molestó que llegó a reñirme —lo que no volvió a hacer en sus días— con palabras tan bien medidas que juntas mismo parecieran un sermón.

—Hijo —exclamó— sé sensato y no te mofes, que filósofo soy y hombre de bien, pero si te arreo una castaña te voy a sacar los dientes por los oídos. Recapacita y arrepiéntete, que si no lo haces por ti lo vas a hacer por mí, lo que es peor. No hagas befa en tu vida de las personas mayores, y, si lo haces, hazlo por dentro y sin escupir, que la saliva sirve para adobar los alimentos y mi cara algún día lo será de los ciegos gusanos, pero aún hoy no lo es de tus fauces. ¿Estamos?

—Estamos; sí, señor. Y perdón le pido…

—¿Con el corazón en la mano?

—Sí, señor; con el corazón en la mano y de rodillas en tierra perdón le pido por haberme reído y haberle rociado de saliva.

—Así me gustan a mí los mozos: sencillos y respetuosos con sus mayores. Que tú para mí eres como un hijo y yo como un padre para ti.

Nunca fuera en mis días la terneza lo que más me distinguiera pero en aquellas fechas, cuando tales cosas llegué a escuchar, a punto estuve de tornarme sentimental.

Pasaron los días y las noches sobre nosotros; amaneció el Señor mañana a mañana encima de nuestras cabezas, ora risueño y soleado, ora un tanto lluvioso y como llorador; envejecieron nuestras carnes por la vista de las aguas, que jamás paran de quejarse y de marchar, y una tarde —después de algún tiempo que gastamos en vivir—, estando parados en la confluencia de los famosos ríos Yeltes y Huebra, ni muy lejos ya ni demasiado cerca todavía de Vitigudino, y después de haber dejado a nuestras espaldas el conocido monte que llaman de Diego Gómez, y que aún se recortaba, un poco soleado, hacia el poniente, se presentó ante nosotros una flaca y desgreñada mujer, no demasiado cubiertas sus carnes a pesar de la multitud de harapos que mostraba, y con un gallito en el brazo, quien con una sonrisa de demonio en la boca y unos escandalosos ademanes se dirigió a mi amo, que, pálido y demudado, se paró a escucharla, para decirle:

—¡Ah, bribón y malnacido hijo de Barrabás! ¡Mira lo que me has dejado, míralo bien! ¡Un pollo que de lagarto se llamaba Enrique, y ahora ni su misma madre, que soy yo, lo puede saber! ¡A la guardia civil, que ampara a las viudas, se lo he de decir! ¡Mastuerzo y fementido, que así abandonas a la mujer que Dios te dio! ¡El rabo, el rabo ya te veo y los cuernos del diablo que te salen de los carrillos! ¡Dame un real! ¡Dame un real! ¡Dame un real!

Tales aspavientos hacía y tal era el estupor de mi pobre amo el penitente Felipe que yo intenté rescatarlo con sabias palabras que calmaran a la hembra, cosa que si no hice fue porque nada se me ocurrió.

—¡Ah, ladino —siguió gritando—, que así engañas a las mozas y de ellas te aprovechas! ¡Ya te darán el día del Juicio, ya! ¡Ya verás como te mandarán a la caldera! ¿Me das un real?

Mi amo estaba mudo de estupor, tan mudo como cuando ella apareció, y no daba ni el real ni muestras de querer volver a la vida.

—Mi amo —le dije por lo bajo, mientras ella acariciaba un momento las plumas del gallito—, ¿y si escapáramos?

—Calla, mozo —me respondió casi sin mover los labios—, que todavía hacen bien a mi alma los improperios. Todo se andará.

—¡Y empanada quisieron hacer en Ledesma con mi hijo! ¿Te parece bien? ¡Y cuando era lagarto le decían: Enrique, Enrique, toma una colilla, toma un pedazo de pan! ¡Y a ti, mal hombre, ya te llegará el fin que te mereces, ya verás! ¡Que no me quieres reconocer como esposa, y eso Dios lo castiga! ¡Del monte bajé para curarme el estreñimiento con estas aguas beneficiosas, y mira tú por dónde fui a toparme contigo!

Mi amo seguía sin dar mayores muestras de impaciencia, y a mí me desazonaba pensar en qué iba a parar aquello, cuando de improviso, y sin dar tiempo ni a respirar, salió galopando para el agua, al tiempo que decía:

—¡Échate al agua, muchacho, y ven detrás de mí! ¡Escapa de sus garras que te ha de sacar los ojos!

No había acabado todavía de reaccionar y gritar sus voces cuando ya me lo vi, la cabeza sobre la línea de la corriente, braceando a la otra orilla. En pos de él me eché porque hice cuenta que, de loco a loco, más vale irse con el varón que quedarse con la hembra, y a duras penas, porque aún de nadar no sabía mucho y la ropa me pesaba tanto como el frío me hacía molestia, llegué hasta la otra orilla, donde ya el penitente me esperaba y desde donde se veía, enfrente, a la desgraciada, que asida al gallo seguía voceando sin descanso:

—¡Ah, mal hombre, mal hombre! ¡Dame un real!

Mi amo estaba como entristecido, y una amarga sonrisa se le dibujaba en los labios.

—¿No recuerdas, hijo, que un día te advertí que no abandonaras el curso de las aguas?

—Sí, señor; ya recuerdo.

—¿Y que te dije que no caminaras las orillas distantes, no fuera el diablo a hacer que no pudieras cruzarlas?

—Sí, señor, también recuerdo.

—Pues ahí ves tú por qué te lo decía, que yo no hablo por hablar, ni aconsejo para que se me respete, como hacen los señores. Que yo soy llano de natural, y si algún día ahueco la voz jamás es sin motivo.

Dicho esto, echó a caminar delante de mí, la vista clavada en el terreno y las manos a la espalda, y ni una sola palabra dijo lo menos en dos horas, lo que me forzó a pensar si la mojadura no le habría quitado el habla, ya que la voz se veía que no, pues cada paso suyo retumbaba en los montes, de salpicado como iba de toses y estornudos.

—Mira, Lázaro —me hubo de decir cuando ya era casi completa la oscuridad—, de buscar unas retamas y algún palito, que para mí tengo que el fuego ha de sernos sano, porque esas aguas beneficiosas de que hablaba la pobre Dolores, pienso que, si saludables para el estreñimiento porque rompen lo que está duro, no lo son tanto para la tos que parece haberme invadido.

Busqué sin gran trabajo con qué encender el fuego y, aunque lo más difícil resultó animarlo a que ardiera —de humedecido y chorreante como nuestro bagaje estaba—, una vez que lo hube conseguido, se armó tan noble fogata y tan hermoso resplandor que mismo pareciera —si no miráramos para detrás— que estábamos a pleno día.

Al amor de la lumbre fuimos cobrando de nuevo confianza con la vida, y ya casi secos y reconfortados estábamos cuando se plantó ante nosotros, y de sopetón, un guarda jurado de semblante bigotudo y ademán retador, quien con palabras tan claras como escasas nos dijo que allí estábamos de más y que nos marchásemos.

—Mire su autoridad —hubo de decirle mi amo— que nos deje calentar las carnes en este fuego que con ello a nadie mal hacemos ni el coto sufre, y que sin él nos vamos a morir, que estamos ateridos y más húmedos que sopas. Y que si hay en el mundo tres cosas frías, que según fama son mano de barbero, hocico de perro y trasero de mujer, esta noche mejor pareciera a quien los fríos se dedicase a estudiar, aumentar su número hasta cinco: que los otros dos son los cueros de este muchacho y los de un servidor. Mire lo que le digo y vea de cumplir su obra de caridad.

—Usted ya me entenderá, maestro —le replicó el guarda jurado—, que a mí me tienen por este monte bajo con una escopeta en bandolera para hacer cumplir las ordenanzas, y que no vale que yo los quisiera dejar —que hasta el corazón se me ablanda de ver la ducha que a sus años le han dado— porque el fuego a todos nos delata, y si yo puedo hacer la vista gorda y no enterarme de un conejo que asome sus mostachos fuera del morral, no así en este caso, en el que por cierto tengo que si usted y este mozo se calientan, a mí me echan de la finca.

—Cierto es lo que decís —contestó mi amo— y la verdad adorna la boca de quien la dice, pero yo quisiera que tan secos acabáramos nosotros como vuestra autoridad libre de todo daño. Y para mí pienso que un arreglo no habría de ser difícil, que hablando se entienden las gentes y preguntando se llega a Roma; yo ordeno al muchacho —que es dócil y bien mandado, como por sus mismos ojos podrá ver— que pise el fuego y lo desbarate, que con ello las llamas cederán, y el rescoldo nadie ha de verlo, y a vos, a cambio, os ofrecemos compañía y conversación, un sitio a nuestro lado en este terreno, que sin ser de ninguno es más vuestro que nuestro, y si esperáis con paciencia a que amanezca Dios, hasta con un buen guiso de conejo o de pollo de perdiz os podremos festejar.

—¿Y el conejo?

—No es eso obstáculo, señor; que para pasar todo el coto a nuestros estómagos no necesitamos apetito, que harto tenemos ya, sino aquella vista gorda de que vuestra autoridad hablaba. Muchacho —dijo dirigiéndose a mí— usa de la bondad de este señor y ve a colocar dos pares de lazos donde encuentres una senda y agárrate un palo y espera el día para traerte unos perdigones con que saludarlo. Anda diligente, que a quien madruga Dios le ayuda, y piensa que los sesos son para usarlos y sacarles beneficio.

—Allá voy, sí, señor —le respondí—; que para bien mandado ya sabéis que sirvo.

Busqué en el macuto un trozo de cable con que fabricar los lazos, desgajé con la navajilla una vara de un roble que por allí había, y eché a través de la ladera en busca del sitio donde apostarme para vigilar las trampas o para sacudir el palo.

Por cierto tuve siempre que el cielo ampara a los desvalidos y protege a los hombres de buena voluntad; la prueba la tuve aquel día una vez más, y bien verdadera, ya que, si me volví para los restos de la hoguera donde mi amo y el guarda jurado me esperaban tan pobre y de vacío como me había ido, ello fue —o por lo menos a ello lo achaco— porque ni desvalido me sentí de poderoso como ya me figuraba comiéndome yo solo los dos conejos y los dos pares de pollos de perdiz que pensé atrapar sin llegarlo a conseguir, ni buena fe demostré con engañoso propósito. Quizás de haber sido más humilde otro gallo me hubiera cantado.

—¿Dónde traes la caza? —me preguntó mi amo cuando hube regresado, ya a las dos horas o tres de luz—, ¿en dónde la has echado?

—Señor Felipe —le repliqué—, vea que todo el tiempo anduve azarado y con preocupación, que el señor guarda a nada me autorizó, y eso me cortaba las alas; que los lazos ni los puse y aquí están, y el palo sólo me valió para apoyarme y tentar el terreno.

—Me parece —dijo el guarda jurado interrumpiendo y dirigiéndose a mi amo— que este muchacho es tonto, porque yo no dije ni esta boca es mía, y ya es sabido que el que calla otorga. ¿Por qué no te has traído con qué comer?

—Mire el señor guarda que fue porque no pude, que la conciencia me ataba los movimientos y el temor a hacer mal me ponía paralítico. Yo bien lo siento, y a fe que si tales cosas antes supiera habría estado más listo. ¿Eso de tonto lo dice de broma el señor guarda?

—No, hijo; que lo digo en serio y bien en serio. Que si la cara la tienes de avispa, tus hechos son mismamente torpes y cobardones como los de una oveja. Como los años no te hagan más avisado, muchas hambres has de pasar en tu vida.

A mí me impresionaron aquellas palabras, y de ellas me acordé varias veces al pasar del tiempo, no por lo sabias, sino por lo necias que vinieron a resultar después; que para comer todos los días y mantenerse derecho no hay como caminar y no estarse quieto, que en los pueblos dan al que va de camino —quizás para que no se pare— y niegan al que vieron nacer. Y tan crueles son que si tiene hambre le llaman vago, y si le falta el sentido, le tiran piedras; con lo que siempre resulta que en cada pueblo de España hay un hombre en los huesos al que apedrean los mozos, llaman tonto las mujeres y dicen los demás hombres que lo que quiere es vivir sin trabajar. A uno conocí, al cabo de los años, en un pueblo al que llaman Bocigas, sobre el río Perales, allá por las provincias de Soria o de Burgos, que hacía en las fiestas de su pueblo el papel de cagalaolla para que todos se divirtieran haciendo burla de él y de su falta de seso, y a quien, cuando —todos los años confiado y todos los años sin escarmentar— se le ocurría pedir un alivio para su desgracia, untaban la cara con una boñiga o con un cagallón —cuando no con caca mismamente—, entre grandes juergas y risotadas hasta hacérsela tragar. El inocente se volvía a su cueva después de la fiesta y se pasaba llorando las semanas, y, cuando ya el sabor se le había quitado del paladar, decía con su media lengua que la fiesta aquel año había resultado muy bien. Comía lagartos y hierbas que arrancaba de los caminos, y algún mozo del pueblo, por broma, se las quitaba y se las pisaba, y, si al pobre se le ocurría levantar la voz, le restregaban los hocicos contra la tierra. Él nunca se incomodaba y para todos tenía una sonrisa que quería ser de amor y que mismo parecía la de una calavera.

Volviendo a lo que íbamos y pidiendo perdón por el desorden: el guarda jurado siguió hablando con razones tan cumplidas como, a mi parecer, falsas sobre mi tontería, y cuando se hubo hartado de ponerme por los pies de los caballos nos ofreció unas tajadas de una perdiz guisada que llevaba a la espalda.

—De mi morral tendremos que usar —dijo— y bien me duele, que una cazuela con guiso de perdiz que me hizo mi señora llevo en una tartera dentro de él; pero veo que no es de ley que lo descubra para comérmelo yo solo, que ustedes son así como mis convidados, y en esta tierra sabemos hacer las cosas y no engañar a los vientres de nuestros huéspedes sólo con el olor.

Echó mano del saco, buscó y no encontró, y a la cara un color se le venía y otro se le iba.

—Por Dios, que juraría que aquí estaba. Con tanta cosa como uno lleva encima resulta a veces difícil toparse con lo que se busca.

Dejó la escopeta sobre una piedra; se descargó el fardelejo, lo vació en el suelo, y, como la cazuela no apareciese, tal cólera le entró y tan mal la supo reprimir que mismo se puso abotargado y como rabioso.

—Que la dé usted —le dijo a mi amo— si se la ha llevado, que yo no soy hombre de bromas y tengo tan malas pulgas como el que peor las pueda tener. Mire de hacer lo que le digo y de no engañarme, que este encuentro va a terminar como el rosario de la aurora.

—Señor mío —le contestó el penitente—, guarde las palabras para cuando las precise, que ni yo le robé la perdiz ni está usted diciendo verdad.

—¿Que no digo verdad?

—No, señor; que si la perdiz la guardó, como dice, en el morral, en él deberá estar, que nosotros no la llevamos encima, y de ello podrá usted percatarse si nos registra, cosa que no nos ha de parecer mal, porque somos inocentes.

—Sí, señor —intervine yo—; que no se puede dejar en entredicho la fama de nadie. Regístrenos en buena hora y deje ya de sospechar.

—¡Muy farruco está el mozo!

—No, señor —exclamó mi amo—, que lo que pasa es que es hombre de bien y le quema la sangre verse acusado sin motivo.

—A nadie acusé yo.

—Cierto, sí, señor; pero de los dos sospecha, que bien se lo veo en la cara, y yo conozco a los cojos en la manera de andar. A veces es peor una mirada que diez palabras, y el ojo que usted no nos saca de encima para mí que tiene más inquina y más mala intención que todas las palabras encerradas en un libro donde se nos acusase. Regístrenos en buena hora, como dice el mozo, y ya que no podemos decirle que se vaya, porque está como en su casa, déjenos al menos marchar.

—Pues bien, señor mío —replicó el guarda jurado—, ya que ustedes lo quieren, yo les voy a registrar; piensen que me hace violencia y que sólo lo hago para alejar la duda de mi cabeza.

—Muy bien hablado —respondió mi amo—, eso es lo que nosotros queremos. Escucha, Lázaro —me dijo a mí—, lo que este señor dice y limpia un poco el suelo para descargar el equipaje, que si el señor guarda piensa bien, pronto se va a convencer de que no lo hace sin motivo, y si piensa mal va a salir chasqueado.

Obedecí a mi amo lo que me mandara, descargamos lo que encima llevábamos sobre el santo suelo, y como el guarda, que por más que vigilaba no acababa de ver lo que hubiera querido, empezaba a dar señales de impaciencia, en cueros nos hubimos de quedar por dar gusto a su curiosidad y por calmar la cólera que le mantenía enhiesto el bigote, como a los gatos, y que de haber estallado entonces, de cierto que hubiera sido contra nuestras pobres carnes.

—Vea su autoridad —dijo mi amo, dando diente con diente y sin cesar en los estornudos— de no ser cruel, que de ello tendrá que dar cuenta a Dios en el valle de Josafat, y de no permitir a sus instintos el deseo de vernos al aire ni un minuto más, que si el muchacho es joven y fuerte y parece que la ropa no le sirve más que de adorno, yo ya no ando tan bien de juventud ni de fortalezas, y pienso que a estas horas deberé tener encima, si no el guiso y su tartera, sí una pulmonía y quizás doble, tal es la forma por pareados en que se me puede ver estornudar.

—Me parece, buen hombre —replicó el guarda con cara de enterrador—, que no sois vos quien en tal berenjenal os habéis metido, sino este granuja de mozo que os acompaña, que más parece hijo del pecado que amigo de la virtud, y que más me da que pensar que sea aprendiz de ruindades que discípulo de buen oficio. Vestíos en buena hora, que la perdiz se la llevó el diablo, no sé si solo o con cómplices, y vos estáis al borde del constipado por su culpa. Y tú, galán —dijo mirándome—, cubre también tus carnes, que con las nalgas al aire me están entrando tentaciones de marcártelas a palo limpio, cosa que no quiero hacer.

—Gracias, señor guarda —contesté—, que ya me estaba entrando el frío y no sabía cómo decirlo.

Nos vestimos, nos arrimamos otro poco a las brasas, tratamos de animarlas para que ellas nos animasen a nosotros, y cuando lo conseguimos, ya con el sol casi en mitad del cielo, nos echamos a dormir para reponer un poco las fuerzas.

Nos abrazamos como de costumbre, mi amo y yo, para cambiarnos el calor, y de aquella vez guardo el recuerdo de haber perdido en el cambio, tales eran los fríos que del penitente se escapaban.

—Señor Felipe —le dije ya a más del mediodía, cuando nos despertamos—, ahora nos haría buena falta comer un poco, que yo ya noto el vientre como vacío.

—Y yo, hijo, que tengo las tripas más huérfanas y desheredadas que las de cómico en cuaresma, y que me encuentro tan decaído y tan pachucho que no sé si voy a levantar cabeza.

—Hágase fuerte, mi amo, que todo se andará. ¿Recuerda usted de cuando el guarda me llamó tonto?

—Sí, hijo.

—¿Y recuerda usted también que me anunció muchas hambres para el mañana?

—También recuerdo, hijo, y a fe que no le creí, que se me antojas muchacho listo y avisado, y no me parecen tus carnes las más a propósito para dejar que el hambre se les arrime.

—No lo sé, mi amo, pero le agradezco sus frases. Lo que sí sé es que si mañana hemos de pasar hambre es cosa que sólo Dios sabe, como también sabe —y esto usted lo ha de ver— que hoy no la pasaremos, que el guiso de perdiz está agachado de mi mano.

—¿Qué dices?

—Digo que el guiso lo tengo yo, mi amo; que cuando me mandaron por caza pensé que mejor sería hallarla ya aderezada, y husmeando me llevó mi nariz al morral del guarda, arramplaron mis manos con lo que suyo era, y de él alejaron mis pies lo que perdió por necio.

—¿Y dónde lo tienes?

—¡Calma, señor penitente, un poco de calma! Por él voy ahora y pronto dentro de nosotros estará; no se impaciente, que quien aguarda un siglo puede aguardar una hora, y...

—Anda, mozo —me interrumpió—, no perores que es feo vicio en ayunas. Tráete eso y que Dios te proteja en la excursión. ¿Está muy lejos?

—Algo, mi amo.

—Pues anda allá, que yo te aguardo mientras recojo estas brasitas que quedan.

Las toses no quitaron diligencia al señor Felipe, y cuando salí en busca del guiso ya él quedaba apañando las brasas aún vivas, para calentar nuestro almuerzo.

Marché, busqué, atopé y volví en menos que canta un pollo —que siempre es más ligero y más desafinado en su canción que un gallo como Dios manda— y cuando ya estaba de nuevo a la vista del hondón donde nos guareciéramos, poco me faltó para derramar el guiso y perder la calma, tal fue el susto que me pegué al ver a mi amo caído de bruces contra el santo y duro suelo y preso de unas convulsiones que mismo parecían, y así vinieron a resultar después, las de la agonía.

Dejé con cuidado la tartera en el suelo y corrí a ver qué le pasaba.

—Mi amo —le dije—, anímese que ya llega la perdiz. Tenga valor y busque fuerzas que en esto ya es sabido que lo peor es empezar.

—Hijo...

Yo estaba asustado porque adiviné que poco le quedaba ya de sufrir en este valle de lágrimas y de tiranías. Lo puse boca arriba —que me pareció mejor postura para un enfermo—, le levanté la cabeza con el morral y le arrimé las brasas a los pies.

—Señor Felipe, yo creo que si quisiera tomar un poco del guiso el ánimo se le levantaría, que usted no tiene más que frío por dentro y por fuera, y un hambre, que si la vence, no le dejará huella alguna, pero que si ella lo derrota va a espantar el alma de su cuerpo.

—Es verdad, hijo mío; pero tales arcadas siento y tal dolor en todas las entrañas que para mí que estoy ya en los últimos minutos de mi vida.

Tanto sentimiento daba a sus palabras que a mí se me caían las lágrimas de los ojos, y un nudo que me subía del corazón se me cerraba en la garganta. Nunca tuve padre a quien querer, ni amigo —fuera del penitente señor Felipe— por quien llorar en su desgracia, y entonces —Dios sabe si como presintiendo la soledad que para siempre ya mi espíritu no había de dejar— se volcó mi sentimiento como una torrentera, y mi pena tan doliente llegó a ser que a poco me mata lo que tan malherida dejó mi voluntad: la muerte de mi amo, una de las dos únicas personas de bien con las que en mis días me tropecé.

—Hijo, escucha —me dijo con un hilo de voz— cuales son mis últimas palabras. Quiero decir que de todo me arrepiento y que temo la justicia de los Cielos; que de mi cuerpo puedes hacer lo que quieras menos quemarlo —que tengo por fin de herejes— o arrojarlo a un río, que entiendo manera de terminar impropia de un cristiano; que el guiso de perdiz que te sobre me lo restriegues por los labios cuando haya expirado, que mejor me parece un cadáver con aire de haber muerto de indigestión que otro con aspecto de haberlo hecho de hambre y de frío; que para ti te doy todo lo que llevo encima, que para presentarse ante el Señor todo sobra, y, por último, que cuando ya me veas frío del todo digas tres veces seguidas: Señor, perdónalo y acógelo en tu seno, que fue pecador, pero no malo. ¿Te acordarás?

—Sí, señor —le dije guardándome las lágrimas por no apurarlo.

—Bueno, hijo mío, Lázaro: que Dios te proteja siempre. Dame la mano y no me sueltes hasta que ya no te necesite. Poco tendrás que esperar...

Le di la mano y esperé; no sé cuánto tiempo. Cuando el frío de su cuerpo dio a ver bien a las claras que ya no había nada que hacer, se la solté. El brazo se le cayó todo a lo largo, y sus ojos, entreabiertos, tenían un dulzor amargo y triste que me sobrecogió; se los cerré con cuidado.

Fui a buscar el guiso para embadurnarle un poco los labios y me encontré la cazuela negra de hormigas; pensaba haberle untado todo el guiso al señor Felipe, pero con aquello de las hormigas ya no tenía mérito alguno el sacrificio que hacía de mi hambre.

Volví al cadáver y le toqué el sitio del corazón; nada se oía, pero yo no me atreví a enterrarlo. Aquella noche la pasé en vela, agarrado a su cuerpo y llorando como una Magdalena.

Cuando, al amanecer del día siguiente, le volví a tocar el corazón y vi que nada tampoco se escuchaba, decidí darle tierra.

Lo miré un instante, por última vez. Por la boca le corría una araña de largas patas que se paraba, de cuando en cuando, para ver mejor el terreno que pisaba; por los oídos andaban un par de hormigas, buscando quizás el camino que llevaba a los sesos del señor Felipe, a aquellos sesos que tantas amarguras y tantas desdichas inventaran siempre para su amo.

No me atreví a desnudarlo; me daba apuro.

Lo primero que tapé fue la cabeza, lo que más miedo me daba. En cubrirlo bien tardé bastante porque no tenía más que una navajilla.

Cuando terminé, ya muy entrado el día, estaba rendido y muerto de hambre.

Eché a caminar, y desde unas peñas me volví para ver el sitio donde Dios quiso dejar a mi malaventurado amo. La tierra estaba removida, pero allí debajo nadie diría que quedaba un hombre...

TRATADO QUINTO

O el de la soledad: como ella, accidentado, y como ella, breve y temeroso

Es fama que hubo santos varones que lejos del bullicio y de la compañía fueron a buscar, con el descanso de los sentidos, la perfección del alma y de las costumbres; según los autores, vivieron de lo que el cielo les enviara, se dedicaron al cuido de las flores y de las avecicas, y llegaron, en su santidad, a infundir respeto a las alimañas y a las tempestades. De su vivir todo lo ignorara yo entonces, y de ello doy gracias a Dios, ya que de haberlo sabido, solo, como en aquellos días me encontré y sin vocación para llevar santamente mi soledad, no sé lo que hubiera sido de mí.

El caso fue que no teniendo a quién acompañar y servir, ni con quién caminar y conversar, tanto hubo de causar sentimiento en mí la muerte de mi pobre amo que a pique estuve de tenderme debajo de una mata a esperar la llegada del fin.

Si no lo hice fue porque —gracias a Dios— mis piernas caminaban a despecho de mi entendimiento, y tan de prisa a veces que casi no me quedaba tiempo de llegar a conocer el horizonte, de tan variante como mi apresuramiento me lo hizo.

Me dieron pavor aquellas tierras, me espantaron aquellas aguas homicidas que fluían con indiferencia mismo a los pies del hombre que ellas mataron y me causaron desprecio aquellas matas poco crecidas del monte bajo que sirvió de último lecho a mi amigo el señor Felipe.

Vi venir hacia mí a unos caminantes y me agaché detrás de una carrasca para dejarlos pasar; con nadie hubiera podido cruzar una palabra.

No sé si estuve caminando sin descanso horas, días o semanas. Andar y andar fue, pasado el primer susto, mi única forma de matar la desazón que me comía, y con tanta diligencia llegué a hacerlo que cuando quise darme cuenta me encontré en un terreno desconocido y a muchas leguas ya, seguramente, de las orillas de aquel río de mal recuerdo.

Paré a pensar y, por la cuenta de las veces que el hambre me forzó a robar un nido, a enlazar un gazapo o a escardar alguna patata de los pocos huertos que crucé, saqué la idea de que en aquel tiempo debí de caminar más trecho que en todo el resto de mis anteriores días.

Con nadie hablé, porque de todos con quienes pude haberlo hecho evité el encontrarme —cosa no difícil por aquellos vericuetos—, y por la noche, para compensar, cantaba a grito pelado algunas canciones que había aprendido. Por tal desierto caminaba, ¡bien lo sabe Dios!, que mi mal oído y mi peor entonación no encontró más respuesta que, unas veces, el croar de las ranas, otra, el sisear de las lechuzas, y las más, el silbar de los sapos, de las rubetas y de los escorzones.

El primer hombre a quien me presenté me miró con ojos espantados.

—¿Es de Martín Andrán?

—No, señor, soy de Ledesma.

—Bueno, bueno.

El indino echó a andar sin hacerme maldito el caso; tiró por una vereda monte arriba y yo le seguí. Anduvimos, él delante y sin volver la cabeza y yo tras él y sin quitarle la vista del cogote, algún trecho y acabamos a la vista de un caserío ruin y ceniciento.

Me persigné y tiré para delante. Me metí por la calleja de en medio y me paré a la puerta de la tercera o cuarta casa ante un grupo de hombres y mujeres que parecían como desmedrados y temerosos. Todos me miraron en silencio, y sólo un perro osó romperlo, y de tal manera que sus ladridos aún me retumban en la cabeza cada vez que los recuerdo.

—¡Quieto, Morito!

El perro obedeció gruñendo la voz de la mujer.

—Buenos días —les dije—, ¿dan compañía a un hombre de bien?

Se miraron los unos a los otros y nadie respondió.

—Digo que si voy bien para Martín Andrán.

—¿Eres de allí?

—No, señor; pero allí tengo un primo de mi padre que me quiere de mozo.

—¿Y cómo se llama?

—No lo sé, que aquí lo llevo apuntado en un papel; pero no sé leer.

—¿No será Julio, el Tísico?

—Pues ese es, sí, señor, ya ve usted por dónde ahora lo recuerdo.

El hombre que me encontrara en el camino echó su cuarto a espadas.

—Pues ya se está marchando.

—¿Quién?

—Usted, que aquí somos todos honrados y no queremos nada ni de Julio, el Tísico, ni de todo Martín Andrán junto.

—Calla, Nicolás —dijo la mujer que antes hiciera callar a Morito.

—¡Es que da coraje, mujer!

—Ya sé. Oye —me dijo—, ¿tú no has andado al robo por el Abadengo?

—No, señora.

—¡Huy, huy! ¿Y no has andado tampoco en eso de chupar la sangre de Río Malo?

—No, señora, ¡se lo juro!

—Pues entonces no vayas a Martín Andrán. ¡Es pena, anteayer aún pasó por aquí la pareja! No te juntes con tu tío. Oye, Nicolás —le dijo a mi poco sereno amigo—, mira que este mozo parece de buena ley y que no miente; dale algo de comer, anda.

—Muchas gracias.

—No hay que darlas, en Horcajo no somos como en otros sitios.

El Nicolás me llevó con él y no me dirigió la palabra hasta verme sentado en su cocina.

—¿Qué viene a mirar aquí?

—Nada, yo voy de camino.

—¿A Martín Andrán?

—No, ya no voy a Martín Andrán; no sé dónde está.

—Bueno, bueno. ¿Usted no anduvo en aquello de chupar la sangre de Río Malo?

—No, señor, ya lo dije antes; yo no sé lo que es eso.

—¿De verdad?

—¡Así me muera!

Trajinaba por el hogar atizando la lumbre y levantando, de vez en vez, la tapa del puchero, pero no me quitaba ojo de encima.

—Aquí somos todos honrados. Anteayer estuvo por aquí la pareja..., y ya ve. ¿Usted va buscando algo?

—Yo voy buscando amo.

—Pues aquí no lo hay. ¿Se va a marchar mañana?

—Si usted lo quiere, sí.

—No, no; yo no quiero nada. Yo vivo aquí y no me meto con nadie; aquí nadie se busca líos, ¿sabe usted?, aquí todos trabajamos; la pareja siempre lo dice.

La tarde caía tras los montes apresuradamente cuando yo aún no había tenido tiempo de dar gracias a Dios nuestro Señor por haberme permitido salir con bien de aquel endemoniado pueblo de Horcajo.

Hice un alto, miré para el cielo, y cuando bajé de nuevo los ojos a la tierra vi, sobresaltado, a la pareja, que fumaba en silencio sentada sobre una piedra del camino; los fusiles los tenían sobre las piernas, y en los tricornios charolados refulgían los últimos brillos del sol poniente; había uno —el que parecía de más edad— que al moverse presentaba la cabeza como rodeada de un nimbo celestial. En tales bromas se complace a veces el sol, cuando, ya de atardecida, se dispone a despedirse de la tierra y de sus habitantes.

Di cautelosamente descanso a mi andadura y me recliné sobre el duro suelo, a la boca, casi cegada por los matorrales, de una covacha que por allí había.

Deslié la manta y me preparé el lecho; de allí pensé no moverme hasta ver a la pareja lejos del alcance de mi mirada.

Después de haber escapado de Horcajo y de las garras del Nicolás, no era cosa de que me preguntaran de nuevo:

—¿Vas a Martín Andrán? ¿Conoces a Julio, el Tísico? ¿Has andado en eso de chupar la sangre de Río Malo?

Solo he bendecido a la guardia civil una vez en mi vida; fue cuando aquella noche, ya con el horizonte clareando, me despertaron para pedirme el documento. Me dieron un susto grande, bien es verdad, pero alejaron con mi sueño a los torvos espectros que lo poblaran. Jamás recuerdo haber pasado pesadilla semejante: el Nicolás, desnudo y con un cencerro a la garganta, cantaba una desatinada canción mientras echaba llamas por los ojos y sangre borboteante por la boca. La canción no la recuerdo; lo que sí recuerdo, aunque confusamente, era su estribillo, que decía algo así como:

> *Los ojos con arena y con sal,*
> *la lengua en escabeche,*
> *la sangre para el Julio*
> *y la Ramona para mí.*

A renglón seguido de cantar el estribillo, el Nicolás prorrumpía en grandes risas y carcajadas hasta que se caía al suelo rendido y suspirando. Entonces, las mujeres y los hombres que vi a mi entrada en Horcajo se arrojaban sobre él y le lamían la piel y le chupaban la sangre. El perro que tan mal me hubiera de recibir se reía como si fuera una persona, y, en vez de ladrar como todos los perros de este mundo, decía claramente entre largos aullidos:

—¡Martín Andrán! ¡Martín Andrán! ¡Martín Andrán!

Yo estaba lejos, viéndoles hacer, pero una fuerza misteriosa me arrastraba, poco a poco, hasta el grupo. Todos se pararon al verme llegar.

—¡Déjalo, ese no tiene sangre, es el sobrino de Julio, el Tísico!

Los hombres y las mujeres bailaban cogidos de la mano alrededor de Nicolás, y de sus rostros como abotargados caían largos chorros de sudor. A un niño que en vez de ser de carne, como Dios manda, era todo de hormigas, le metían una tea ardiendo por el trasero, y las hormigas huían despavoridas mientras el niño se deshacía a toda prisa. Una paloma blanca enrojecía al posarse sobre una encina en cuyo tronco hueco una escuálida mujer desnuda luchaba a brazo partido con un enorme sapo de ojos azules.

—¡Arriba, galán!
—¿Eh?
—¡Arriba, gandul, y enseña los papeles! ¡Somos la guardia civil!
—¡Ah!

TRATADO SEXTO

Que se refiere a la gimnasia como medio
de ganarse la vida y de perder la salud,
y relata asimismo las extrañas costumbres
del señor Pierre y la señorita Violette

Documento no tenía, ciertamente; pero como mala voluntad tampoco presentaba, la pareja me dejó marchar.

No fue menester que me lo repitieran dos veces, porque para ello no hubieran tenido tiempo: tal fue la premura con que emprendí la escapada.

Miré para los montes por orientarme, pero, como el paisaje tan desconocido me era que nada conseguía sacar en limpio, decidí guiarme por lo único ya viejo para mis ojos que en torno mío había, que era el sol, y así pensando me encaminé hacia donde salía, quizás por ver el lugar de su nacimiento, quizás también por apartarme de aquel pueblo de mal recuerdo que ya quedaba hacia el poniente, medio confundidas sus chozas con el pardo y estéril terruño.

Anduve, anduve, sin tósigo y sin cansancio todas las leguas que Dios quiso dejarme andar, y, aunque el sitio donde naciera el sol ni lo topé ni tan siquiera lo barrunté, sí encontré en cambio unos raros amos a quienes servir, que tal lenguaje hablaban —a pesar de ser no demasiado ruines— y a tales contorsiones se sometían que para mí pienso que su historia ha de merecer en estas desordenadas páginas los honores del punto y aparte.

Al pie del puerto de Tornavacas, por el lado por donde el río Jerte aún puede cruzarse de dos zancadas, y sentados a la sombra de un viejo carromato pintado de verde, me fui a dar una mañana de manos a hocicos con quienes había de vivir algún tiempo —dos hombres, tres mujeres y tres niños casi de pecho—, que, entretenidos en descansar, ni siquiera se dieron cuenta de mi presencia hasta que estuve ante ellos.

—Buenos días —les dije.

Todos me miraron y sólo uno me respondió:

—Eso.

—Eso, sí, señor, y despejado está el cielo…

—Ya.

—Ya lo creo que sí. ¿Ustedes…?

No sabía por dónde comenzar, de tranquilos como eran.

—¿Ustedes van a estar aquí mucho tiempo?

Se miraron los unos a los otros, se dijeron unas palabras que mismo parecían invento del demonio y que maldito lo que les entendí, y se rieron.

—Según —me dijo una de las mujeres, la que parecía más joven.

—Pues también es verdad —le respondí.

La mujer volvió a mirarme y se volvió a reír. Era joven todavía, tenía los ojos azules y rubio el pelo, y todo el aire —igual que sus acompañantes— como de no ser del país.

—Yo me llamo Lázaro, señores, y quiero amo a quien servir.

—¿Pides mucho? —me dijo la misma mujer, la señorita Violette, como después supe que se llamaba.

—No, señora, yo no pido más que comida.

—Poco es. ¿Y lo demás lo robas?

—Si puedo, sí, señora; pero no a mis amos. Por ahora han sido mis amos los que me robaron a mí.

—¡Mala suerte! ¿Y qué te robaron?

—Los ahorros, señora, que ya no los tengo; pero ustedes pueden robarme la paciencia.

La mujer frunció el ceño.

—Nosotros no robamos.

—Mejor, que así podré estar tranquilo; pero no se sofoque, que lo dije en broma.

—¡Más vale!

La mujer se serenó y volvió a desarrugar las cejas.

—¿Sabes francés? —me dijo.

—¿Eh?

—Que si sabes francés.

A mí la pregunta me molestó porque pensé que a ver qué se había creído, pero preferí mostrarme humilde y soterrar el genio.

—No, señora —le respondí—, yo soy mozo sin estudios; no sé francés ni cantar misa pero para algo pienso que ya serviré.

—Puede ser. ¿Sabes montar a caballo?

La mujer entornaba los ojos al mirarme; al principio pensé que sería corta de vista, pero después, a medida que los meses fueron pasando, vi que sólo lo hacía de vez en vez. Me pareció ver que, cuando medio cerraba los ojos, los labios le temblaban un poquito, y un color muy ligero le subía hasta la frente. Como ella era pálida de natural, el color le daba a la piel de su cara una salud que generalmente no tenía.

—Pues mire —le respondí—, como montar, sí monto, si no se mueve mucho.

La mujer soltó la carcajada y entornó otro poco sus lindos ojos azules. Yo sentí un sofoco grande por toda la cabeza y noté cómo el corazón quería salírseme del pecho.

—¿Y si se mueve... mucho?

—Entonces me caigo.

La mujer estaba casi ahogada por la risa. Al niño que tenía en el brazo y que había empezado a gritar como un condenado, lo dejó en el suelo. Miró para otra de las mujeres, y le dijo, como sin darle importancia:

—¡Marie, fuera!

La otra mujer le dirigió una mirada de rabia, se levantó y se fue. Uno de los hombres se marchó con ella.

—¡Oh, Madeleine, mi vieja seca —le dijo a la que se quedó—, que ya tenemos criado!

Las dos se rieron a grandes voces. El hombre —el señor Pierre, como me dijeron— metió baza en la conversación.

—Salamanca, tierra de toros...

Las dos mujeres siguieron con sus risas descompasadas. La señorita Violette tenía los ojos rojos de tanto reír. El niño seguía en el suelo, dando gritos. El señor Pierre, que tenía a las dos mujeres abrazadas, lo empujó con el pie para alejarlo; después me miró para decirme:

—Anda, Salamanca, vete a dar un paseo.

Me marché, y al otro lado de la carreta me encontré a Marie llorando y con el niño dormido sobre el regazo. Su hombre cepillaba un caballo mientras silbaba por lo bajo una cancioncilla saltarina.

Quizás Dios nos haya hecho, a los que por no tener una familia a quien aguantar tenemos que sufrir —y callar, si queremos comer— a todas las familias con que nos encontramos, de madera más dura y de piel más sufrida que a los demás mortales. Lo digo porque el hacerme a los hábitos de aquella gente, aunque me costó bastante trabajo, llegué a conseguirlo, cosa que no sé cuántos hijos de madre hubieran logrado.

La vida que llevaba era disparatada y dentro de aquel carro tales cosas sucedían que más cauto y prudente juzgo pasarlas por alto y no mentarlas.

A mí me trataban todos duramente, y la señorita Violette, que era por lo que se veía la que mandaba, tales vergajazos —y en medio de carcajadas tales— me arreaba que, de haber sido ella un hombre, a fe que la hubiera matado con una piedra en un momento de arrebato.

En la carreta jamás me dejaron entrar —aunque sí fisgar desde fuera y cumplidamente—, y las noches las pasaba al sereno, ya montado al pescante, si íbamos de camino, ya echado en el duro suelo, si hacíamos alto. Mis acompañantes de cada noche eran el pobre caballejo tordo a quien tenían a lo mejor días enteros sin desenganchar, un perro de lanas que parecía una oveja y que se llamaba Colosse, un oso manso como una gallina y ya entrado en años, que se llamaba Ragusain, y una mona medio calva y temblorosa que se llamaba Pompadour, y que se pasaba el tiempo tosiendo y echando sangre por la boca. La pobre Pompadour murió a poco de andar yo con los franceses, y de las cosas que le dijeron y de los puntapiés que dieron a su cadáver prefiero no acordarme. Algunas noches también nos acompañaba la señorita Marie, siempre con su niño a cuestas; su hombre a veces bajaba a estar con ella, pero cuando hacía mucho frío prefería quedarse dentro y no asomar las narices.

La triste Marie era muy desgraciada y todos arremetían contra ella y le decían cosas tremendas. La señorita Violette le solía pegar alguna que otra torta y, a veces, hasta palizas enteras le daba; pero Marie jamás levantaba la voz y se limitaba a sollozar con un desamparo que partía el corazón.

—Es una zorra —me decía la señorita Violette—, un cangrejo venenoso; un día voy a tener que pegarle.

La otra, la señorita Madeleine, era una mujer vieja y chupada que se pasaba el día renegando y blasfemando de todo y bebiendo aguardiente. Estaba marcada de viruelas y se afeitaba casi a diario una barba áspera y entrecana que le salía por los sitios que la viruela le perdonó. A mí me embromaba porque también tenía más de alguna marquilla de la enfermedad, diciéndome que parecíamos hermanos, y, aunque por la edad de los dos más debiéramos parecer hijo y madre, lo cierto es que tales bromas no me gustaban y procuraba dejarla sola.

Estaba borracha con frecuencia y se mostraba cruel con Marie y pegajosa con Violette. Cuando andaba bebida le daba por cantar en su lengua, accionando como una cabra loca, Dios sabrá qué clase de porquerías, y, cuando al cabo de las horas se le iba pasando, se ponía lánguida y sentimental y decía que su padre era conserje del seminario de Lyon y que había llegado a concejal con el otro gobierno.

Yo no sé cómo sería el otro gobierno, aunque me temo que para hacer concejal al padre de semejante pécora no debió de haber sido de monjas de la Caridad. Andando el tiempo, me dijo un amigo que tuve, que era dueño de una tienda de velas y rosarios en Talavera de la Reina y que se llamaba don Filemón Frayle, que en la Francia eran todos masones y enemigos de la santidad de las costumbres, y sólo así me explico que llegara a tan alto cargo el padre de la señorita Madeleine. Don Filemón era hombre culto y desapasionado y lo que decía era casi siempre verdad.

El señor Pierre era el amo de todos y el marido de la señorita Violette; era fuerte como un roble y andaba siempre en camiseta, aunque hiciera mucho frío. Tenía unos músculos tremendos en los brazos, y cuando veía una rama algo recia la tentaba y, si notaba que no se había de quebrar, se subía a pulso como si tal cosa. Ninguno de los que con él iban le miraba ni le hacía caso, porque ya a todos los tenía acostumbrados, y como yo me soliese quedar mirando para él medio embobado, un día que estaba de buena uva me dijo:

—Oye, Salamanca (a mí nunca me llamaban Lázaro, y unas veces me decían Salamanca y otras, las menos, gracias a Dios, Novillo), oye Salamanca, ¿a ti te gustaría aprender el oficio?

—Sí, señor; pero me parece difícil.

—¿Tú crees?

—Sí, señor.

El hombre se rio paternalmente.

—No hagas caso. Anda, ven aquí.

Fui, me colgó por las manos de una rama más alta de lo prudente, y me dijo:

—Ahora, tírate.

Yo estaba muerto de miedo porque veía que me iba a partir un hueso, y no me atreví.

—Señor Pierre, que no tengo valor; cójame usted.

—Ya te soltarás.

El amo se apartó y yo me quedé colgado como un murciélago y con más miedo que una criatura en mitad de una tormenta. Miré para abajo y no quise dejarme caer; la rama estaba a bastantes pies del suelo, y este era de duro pedernal, sin más claro que unas matas de ortigas de un aire malévolo y poco tranquilizador. Grité y nadie me respondió; los otros estaban lejos y el amo —que fumaba con parsimonia a pocos pasos del árbol— no se dignaba ni mirarme.

—¡Cójame, señor Pierre! ¡Deme una mano, mi amo!

—¡Calla!

Era un tío tranquilo; para mandarme callar ni volvió la cabeza. Las manos me dolían; intenté subir a pulso para ponerme a caballo sobre la rama, pero fue inútil. Decidí tirarme, pero me faltó valor; momento hubo en que pareció que mi voluntad iba a dominar, pero ese momento siempre se esfumaba rápido como un relámpago. Los brazos me dolían también y las manos las tenía como sin sentido. La vista se me oscurecía y se me nublaba, y los oídos me silbaban desaforadamente. El señor Pierre, dedicado a su pipa, se había olvidado de la caridad. El vientre se me aflojó y la respiración era cortada, de vez en cuando, por el hipo. Sentí fresco por la espalda y cerré los ojos. Las manos ya no me dolían...

Debí de pegarme un golpe criminal; me estuvo doliendo el cuerpo por lo menos quince días.

Tumbado boca abajo sobre una manta, y desnudo de medio cuerpo, me encontré cuando Dios quiso volverme a la vida molido y doloroso como un Santo Cristo. La señorita Marie me limpiaba las magulladuras con saliva y con agua de colonia; estaba sonriente, pero tenía los ojos como de haber llorado. Su voz era dulce como la miel.

—Pequeño Salamanca, pobrecito...

El niño dormía sobre unos trapos.

—¿Ha llorado usted, señorita Marie?

La señorita Marie me sonrió con tristeza.

—No, no es nada. ¿Estás mejor?

—Sí, señorita.

—¿Y quieres aprender el oficio?

—No, señorita; yo para esto no sirvo.

La señorita Marie se calló; de haber hablado hubiera dicho probablemente:

—Y yo tampoco, Salamanca.

El cuerpo se seguía doliendo, pero me encontraba muy bien. Estaba como enfermo, pero también como descansado. Tenía ganas de dormir y, sin embargo, quería seguir despierto, prefería seguir mirando para la señorita Marie. Quise empezar a hablar.

—¿Mama aún el niño? —le dije por comenzar de alguna manera.

—No, no mamó nunca.

—¿No lo pudo usted criar?

La señorita Marie parecía un ángel lleno de tristeza. Con la voz amarga susurró:

—No; el niño no es mío. Yo, aunque no me lo creas, soy virgen.

La señorita Marie suspiró.

—A mí no me quiere nadie.

Me entraron tentaciones de decirle que la quería yo..., pero me callé.

—El niño es de Violette; tuvo tres de un golpe...

Su voz estaba como entrecortada y tenía los ojos cerrados.

—A este no lo quiso porque nació crieguecito.

Me cubrí la cara con las manos. Se me habían humedecido los ojos, no pude evitarlo.

—Lo quiso tirar y yo se lo pedí. Lo quiero como si fuera mío...

Sobre nosotros pesaba como una losa. Intenté variar la conversación.

—¿Y el señor Étienne no la quiere?

—Étienne es mi hermano. Es dos años mayor que yo. El pobre es bueno, pero vicioso...

—Yo creí que era su marido.

—Sí; todo el mundo se lo cree. A veces se lo cree él también...

Volvimos al silencio que rompió ella al cabo de algún tiempo.

—¿Estás mejor, Salamanca?

—Sí, señorita; estoy muy bien.

Del carro bajaron la señorita Violette y la señorita Madeleine cogidas de la cintura. Venían las dos bebidas; la mona se escondió debajo del carro y el oso se puso a dar torpes saltos agarrado a la cadena; al pasar a su lado, la señorita Violette le tiró de los pelos de la cabeza hasta hacerle gritar. Cuando nos vieron hicieron alto; la señorita Violette entornó los ojos; esos ojos suyos que daba pena ver tan hermosos.

—Marie, ¡fuera!

La señorita Marie cogió a la criatura en brazos y se marchó; tras ella se fue el perro, las orejas gachas y el rabo entre piernas.

—Y tú, Novillo, levántate y no seas señorito. No te arrimes a Marie, que es una asquerosa. ¡Hala!

Me entraron unas horribles tentaciones de partirle la cara. Si lo hubiera hecho, me habría matado el señor Pierre. Yo, con las carnes molidas y el humor turbio, me levanté y me marché. No fui en busca del arrimo de la señorita Marie porque nada bueno para tal compañía ofrecía el ceño de la señorita Violette.

Aquel día aprendí mucho y me torné zorro y cauteloso por el tiempo que con ellos seguí, manera de ser que, si bien violentaba mis inclinaciones y quitaba su figura a mi natural llano y obediente, me permitía, en cambio, estar menos en el candelero, sitio peligroso para las costumbres de mis amos, quienes, en su falta de constancia, tantas veces como conmigo se mostraron afables y decidores otras tantas obligaban a mis carnes a temblar, porque sabido era que siempre acababa la zalema en desprecio o, lo que era peor, en un vareo de mi pobre pellejo que, verdaderamente, ya andaba por entonces más apaleado que lana de colchón en casa limpia.

Tragué en silencio, aguanté lo mucho malo que quisieron hacerme y seguí viviendo y trabajando. Menos saltar en las plazas de los pueblos, de todo hacía: limpiaba el caballo, daba de beber a los animales, lavaba la ropa, miraba para los niños... En mi vida pasé días más fatigosos, y en mi vida pensé más veces en la soledad de los campos y en las bellezas de la libertad.

No sé por qué me faltó valentía para escaparme cualquier noche; lo que sí pude ver es que aquel arrojo de cuando era más tierno había desaparecido en mí. Los años, a veces, son como las palizas, que quitan alegría y dan malicia, que matan el valor para dejar que viva la cautela. A hombres he conocido, de niños arrojados como lobeznos, que de viejos sonreían como lagartos y daba miseria verlos; aquellos mataban pájaros a pedradas y todo el mundo en el pueblo hablaba de su crueldad; estos otros mataban a solteronas asustadas, o a viudas cargadas de hijos, con un préstamo o con una hipoteca, y la gente, la misma gente, solía decir: hay que ver cómo ayunó el tío Fulano a la pobre Menganita, que en gloria esté. ¡Es tan bueno! Y es que la sangre, aunque sea de pájaro, asusta a las personas porque se ve; pero un dogal al cuello, que aprieta y aprieta, poco a poco, durante años y años, no espanta a nadie, porque nadie quiere mirar para él. ¡El mundo es así!

Pues a lo que íbamos; no es que fuera un viejo pero tampoco era ya un niño. Debía de andar, según mi cuenta, por los quince o catorce años y, aunque no es natural que fuera ya un modelo de gramática parda, tampoco era por entonces un angelito inocente, y sabía ya, o por lo menos olía, dónde me iba a ir bien y dónde mal.

Dice el refrán que hay que poner buena cara al mal tiempo, y no sé si lo habré cumplido, aunque bien es sabido que me lo propuse, pero pienso que muy lozana debió de ser por entonces mi faz, a juzgar por lo malos que fueron mis días.

El caso fue que a aguante nadie me hubiera aventajado, y que los gimnastas se fueron poco a poco aburriendo, aunque nunca del todo, de hacer la mismísima, con lo que yo, aun sin desechar la idea del abandono, pude tener calma para buscar despacio cuándo me convenía.

Anduvimos, ellos dentro y yo delante del carro, por toda España, que bien grande es y, a pesar de que conocí un montón de gentes, a ninguna quise arrimarme, quizás por aquello de lo malo conocido y de lo bueno por conocer.

El único hombre que me pareció decente, y no me equivoqué, lo fui a encontrar a media legua de la población que llaman Cuenca —después de haber andado con los franceses cerca de seis o siete meses— hermosa ciudad, grande como nunca la había visto, con su catedral, su obispo y su gobernador.

Estábamos acampados a la boca de unas cuevas que había por allí, cuando vi que venía hacia nosotros un caballero alto como una espingarda, de finas manos y noble ademán, sus negros lentes ante la mirada, el rostro pulido y afeitado, y sobre los hombros una capa de buen paño, que mismo daba a entender la buena posición de su amo. Hablaba reposadamente y con la cabeza alta como un rey, y tales cosas decía, tan espirituales y bien dichas, que al principio pensé si no sería el mismo señor obispo, que de tal guisa se disfrazaba para mejor conocer y tratar a sus ovejas.

El caballero se acercó al grupo que formábamos y nos dijo, sereno y sonriente:

—Poneos en pie.

Todos obedecimos prestamente y como dominados por su voz. El caballero continuó:

—Sentaos, estáis en mi casa.

Volvimos a obedecer sin rechistar.

—¿De dónde venís?

—Venimos de andar —le dijo el señor Pierre, atemorizado como nunca le vi.

—¿De andar?

—Sí, señor; de andar por los caminos.

—¿Y habéis visto altos chopos, frágiles cañas, cimbreantes juncos, aguas que corren incesantemente, mirlos silbadores?

—No nos hemos fijado, señor; nosotros...

El caballero dejó al señor Pierre con la palabra en la boca. Todos nos quedamos como anonadados y ninguno de nosotros osó quebrar el silencio.

A lo lejos pasaba un hombre montado en las ancas de un asno, a la manera gitana.

—¡Eh, buen hombre!

El hombre se paró.

—¿Qué quieren?

—Queremos preguntar, si usted lo permite.

El paisano dio al burro para nuestro lado y se arrimó.

—¿Qué se les ofrece?

—Una duda, amigo, que queremos deshacer. ¿Quién es aquel caballero que se aleja hacia la casa?

—¿Cuál?

—Aquel que por allá va.

—Un hombre de bien, amparo de los tristes y amigo de los pobres y desgraciados.

—¿No está loco?

El del burro se echó atrás, tiró de la garrota y frunció el ceño.

—¿A usted nunca le han dado dos lapos?

El señor Pierre rectificó:

—Lo digo por preguntar; no se enfade. ¿Qué oficio tiene?

—Es poeta.

—¿Poeta?

—Sí, señor; mira para los chopos, para las cañas y para los juncos, y compone versos. A veces se le encuentra escuchando el silbar de los mirlos del camino o mirando el correr de las aguas de los arroyos.

—¿Y de qué vive?

—De dar todo lo que tiene, bien lo sabe Dios; la pena es que ha de llegar el día en que se encuentre sin un real.

—¿Y cómo se llama?

—Don Federico.

A mí aquel nombre me hizo buen efecto porque olía a hombría de bien; no como aquellos otros de Pierre y de Étienne, que en seguida se vería que eran inventados.

—¿Y es rico?

—A juzgar por lo que da, nadie en el mundo más rico que él.

—¿Y qué da?

—Lo que no le piden y lo que ha menester el que sufre: consejo al errado, manjares preparados por su misma mano al hambriento, abrigo al desabrigado... A ustedes les daría algún que otro celemín de la mucha vergüenza que le sobra.

El señor Pierre hizo como que no entendía.

—¿Y pesetas?

El hombre del rucio le atajó:

—¿Usted le quiere robar?

—¡Dios me libre!

—¡Más le vale!

El hombre dio vuelta al burro y se alejó de nosotros. Desde lejos volvió la cabeza para mirarnos. Subido a su cabalgadura, se recortaba su silueta como la de un escudero del impenitente señor del bien.

El señor Pierre estuvo callado un largo rato; parecía como cavilar. Lo que tramara lo ignoro. Nada bueno debió de haber sido, pero nada malo, gracias a Dios, llegó a poder contra don Federico.

Cuando se hizo la noche, como mis amos, por ahorrar velas, se acostaban con el sol, igual que las gallinas, en vez de acurrucarme como siempre debajo del carro, me quedé dando paseos para un lado y para otro. El perro andaba a mi vera, y el oso, medio soñoliento y medio despabilado, me seguía con la mirada, volviendo constantemente la cabeza como un gigantillo; a veces al pasar, le acariciaba el hocico, y él, como agradecido, me daba la pata. Cuando olvidaba el mimo, rezongaba en voz baja cualquiera sabe qué súplicas o qué imprecaciones.

La señorita Marie, con el niño ciego en el regazo, rezaba en francés la triste oración sin fin de todas las noches. Hacía una figura que daba que pensar; sin embargo, no creo que nadie haya pensado jamás en ella.

Yo estaba nervioso, desazonado. Sobre nosotros, más cerca que de día, se veía el amontonado caserío de Cuenca, con sus luces encendidas y sus torres inmóviles y gordas como espantosas, como inmensas mujeres muertas, en cuyos vientres viviera ese mundo maldito de las gentes sin conciencia que visten su alma de luto para asistir a todos los entierros, que acompañan al agarrotado en sus últimos momentos para hablarle de resignación, que se irritan al oír llorar un niño, cantar un gallo, reír una mujer.

El río marchaba estruendosamente, por sus hoces profundas, y la luna alumbraba como por obligación, casi con temor, nuestro escenario.

Jamás, como aquella noche, tan apesadumbrado estuve. La alegría, pensaba, ¿dónde está? Y mi cabeza, como despoblada, nada quería responderme.

—Colosse —le dije al perro—, eres una oveja con corazón de toro.

Colosse se me quedó mirando, las inmóviles orejas en punta, sentado sobre sus patas de atrás. Estoy seguro de que me comprendió.

—Ragusain es un tonto; no hace más que mover la cabeza.

Colosse me miró, miró después para Ragusain y se cruzaron sus miradas. Como un escalofrío recorrió el cuerpo del perro, y el lomo de Ragusain se arqueó ligeramente.

Hablar a los animales fue una insensatez que jamás volví a hacer en mis días. Entonces, no sé por qué, no pude evitarlo.

—La señorita Marie, Colosse, es una pobre mujer.

La primera vez que me sentí caballero me tembló la voz.

Entonces nada pensé, nada absolutamente, y entonces también pude percatarme de que, en esta vida, no se piensan más que las cosas pequeñas. Las cosas grandes, las pocas cosas grandes que podríamos pensar, jamás lo hacemos. Nos invade todo el cuerpo un raro temblor, nos laten las sienes desacompasadamente y se nos nublan los ojos. Eso es todo.

Me acerqué a la señorita Marie.

—Señorita Marie, yo me voy.

Me espantó que no se extrañase.

—¿Adónde?

—A donde don Federico.

—¿Lo has pensado?

—No; no quiero.

La señorita Marie dejó caer la cabeza sobre el pecho y abrazó, aún más fuertemente, al cieguecito.

—Salamanca, me voy contigo.

Se me quedó la garganta seca de repente.

—Don Federico —continuó— es un hombre decente.

Su voz, casi apagada, parecía cruel; nada faltó para que me echara atrás. La señorita Marie siguió hablando:

—¿Nos llevamos al niño?

—¡Claro!

—¿Y a Colosse?

—También.

—¿Y a Ragusain?

—También

Un pájaro nocturno lanzó al aire su quejido. A lo lejos, una lucecita señalaba la casa de don Federico.

Sin decir una palabra nos pusimos en marcha. Yo daba el brazo, como un novio, a la señorita Marie, que llevaba al niño dormido como un angelito. El perro iba delante, derecho hacia la luz, y el oso venía detrás, arrastrando sobre las matas su rota cadena.

Un silencio que daba miedo hacía aquella noche.

Llegamos a la puerta y llamé. Todos nos quedamos como bobos mirando para ella. Un hombre con un velón en la mano nos abrió.

—No es esta hora de limosnas.

—No queremos limosna, señor, queremos algo más.

—¿Y qué queréis?

—Queremos ver a don Federico... Somos amigos de él.

—¿Amigos?

—Sí; señor. Llámelo y verá.

El criado se volvió.

—¡Señor don Federico! —gritó ahuecando la voz.

Del piso de arriba contestó el amo:

—¿Qué quieres, Prudencio?

—¡Que baje, que hay aquí unos amigos!

Don Federico tardó algunos minutos en bajar. Vestía una levita por media pierna y traía la cabeza descubierta.

—¿Quiénes sois?

Yo me hice fuerte.

—Somos sus amigos, señor, que le pedimos protección. Si no quiere dárnosla, pedimos que nos mate... Siempre sería mejor... Nosotros hemos andado muchas leguas, señor, hemos visto altos chopos en el camino, frágiles cañas en los cañaverales, juncos que cimbrean a las orillas de las aguas que corren rumorosas; nosotros hemos oído, señor, silbar al mirlo desde la enramada...

La faz de don Federico parecía la de un bienaventurado.

—No sigas —me interrumpió—. ¡Prudencio!

—¡Señor!

—Dos alcobas. En la del caballero metes al oso y al perro.

Colosse y Ragusain miraron para don Federico. La señorita Marie tenía la vista baja y yo no sabía ni lo que hacer.

—Señores —nos dijo—, están ustedes en su casa. Mi nombre, ya saben, es Federico, don Federico. El nombre de nuestra casa es el muy cristiano de la Cruz del Bordallo. Quizás llegue el día en que les cuente su leyenda.

A los ocho días ya habíamos todos olvidado las palizas que, de orden de su amo, diera Prudencio al señor Pierre y al señor Étienne, que llegaron a las puertas de la Cruz del Bordallo en son de pelea.

—La gimnasia —nos dijo don Federico— es vicio de avisados que se duermen, o virtud de tontos que quieren espabilar. Prudencio jamás la hizo, y en todo el contorno no hay quien le haya arrimado nunca un palo en la cabeza. Sirve para ganarse, mal ganada, la vida; sirve para perder, bien perdida, la salud; para lo que no sirve es para derribar en buena lid a un hombre de corazón.

La vida, en compañía del poeta, discurría por las sendas del bien, y tanto yo como la señorita Marie pronto hubimos de hacer nuestras carnes al buen vivir y mejor yantar, con lo que criamos unas lozanas grasas que dieron brillo y prestancia a nuestras caras, al tiempo que nos quitaron ligereza del cuerpo y pesar del alma: dos cosas que, para ser honestos, de bien poco sirven, ¡bien sabe Dios!

El cieguecito, sin embargo, no prosperaba como fuera de desear y seguía apareciendo esmirriado y canijo como un palomino recién salido de la cáscara. Don Federico ordenó que se le dieran las aguas bautismales y dispuso que de nombre se le pusiera Respicio —santo mártir de Nicea—, palabra sonora y hermosa que seguramente significa lo contrario de Hospicio, y además Pedro de Sassoferrato, santo del día 3 de setiembre, fecha del bautismo.

—Con esto queda además apellidado —nos decía—, y a fe que un ciego que se llame Respicio Pedro de Sassoferrato tanto podrá parecer un glorioso capitán herido en combate como un fiero y temerario argonauta que hubiera perdido el mirar mismo a la vista ya del vellocino de oro.

Don Federico, cuando esto decía, levantaba su orgullosa cabeza sobre nosotros y su mirada, a través de los negros cristales con que la guardaba y protegía, tenía una dulzura que no puedo relatar.

—Este caballero —nos decía— es hijo de nosotros tres, y a él todos como padres nos hemos de dedicar. Sus tíos Colosse y Ragusain —añadía de broma— ya irán sabiendo poco a poco sus deberes.

La criatura tuvo desde aquel día un nombre y, si bien durante poco tiempo quiso la Providencia que lo usara, siempre más ha valido que para el otro mundo se marchara llevando su buen llamar cristiano, que aquel otro de Farlouze que el desprecio de la madre o el apego de la señorita Marie quisieron colgarle.

Pasó todo el mes, que aquel año tan caluroso fue como el pleno estío, y llegó octubre con los primeros vientos, que pronto hubieron de levantarme en vilo y llevarme en volandas a larga distancia, como si fuera un vilano. Verdaderamente demasiada felicidad era aquella para cueros tan poco hechos a usarla.

Al pobre niño tampoco le sentó bien el otoño, y el viento que a mí me llevó, saltando los Altos de Cabrejas, hasta Belinchón, al pobrecito lo transportó hasta el otro mundo, no sé si a saltos también o más llanamente.

Lo sucedido fue que, tanto la criatura como yo, nos vimos obligados a emigrar, si bien no al mismo sitio, por fortuna para mí, y que, con gran dolor de nuestros corazones, hubimos de dejar la Cruz del Bordallo y su habitante sin nuestra compañía, que si la echó de menos nunca tanto habrá sido, según se me ocurre pensar, como yo me vi forzado a hacerlo. Pero el añorar es vicio de jóvenes que creen que al tiempo se le puede dar paso atrás como a los relojes, y yo ya soy, para mi desgracia, lo bastante maduro para no andar solazándome en recuerdos. Entonces pensaba de otra forma, pero ahora, ¿para qué quiero pararme en la memoria?

Pues bien, como decía, la bicoca se me acabó, tuve que recoger una vez más mis pobres cachivaches, y don Federico me dio, con su saludo y con su Dios te guarde, la puñalada de la misericordia.

Todo fue por un motivo bien peregrino y bien desgraciado, pero ya es sabido que el hombre propone y Dios dispone, y que aunque mi propósito, ya se lo pueden imaginar, fuera quedarme allí por los días de mi vida, la disposición divina ordenó las cosas de otro modo.

La señorita Marie me despidió con lágrimas y quiso venirse conmigo. Yo rogué a don Federico que la disuadiese, y este, no sin cierto trabajo, la convenció. Allí estuvo, según mis noticias, hasta tres años más, pasados los cuales le entró la vocación y se metió monja. La pobre fue lo mejor que pudo hacer.

TRATADO SÉPTIMO

En cuyas planas escribo de la traza cómo acabó mi amistad con el poeta y hablo de mi corto y estéril aprendizaje del oficio de mancebo de botica

Un día, en el mes de octubre, como digo, que había marchado al campo como todas las mañanas, en busca del tunante de Trastámara, el caballo de don Federico, que se iba de picos pardos una noche sí y otra también, me encontré, hacia el sitio donde tiempo atrás hube de acampar con los franceses, a mi antiguo conocido Abraham, el nieto del virrey Bantabolín, quien olvidado, nunca quise maldecir el porqué de su violín y de sus dos amigos, se afanaba en arreglar unas cintas y unos papelitos de colores en la amplia caja que le colgaba del cuello.

Cuando le vi me quedé como espantado, y, de no haber sido que él me reconoció y me llamó por mi nombre y a grandes voces, seguro estoy que allí me hubiera quedado plantado como una estatua.

Yo me acerqué cuando me oí nombrar y lo vi roto y envejecido como no había pensado que podría estar. Cuando llegué ante él se descolgó la caja y cayó de rodillas a mis pies.

—¿Me perdonas? —me dijo.

Yo no sabía si estaba de broma o más loco todavía que cuando lo dejé.

—Álcese vuestra merced. ¿De qué tengo yo que perdonarle?

—¿Te acuerdas de tus dieciséis duros?

—Sí, señor.

—Pues yo sé lo que me digo; pero bastante ya llevo pagando mi pecado que cuando nos fuimos de Lumbrales con lo que tan mal habíamos reunido tal bronca tuve con los otros que a poco me matan.

—¿Por la parte?

—No, hijo, que la parte ya se sabe que había de ser igual para todos, y por esa cuestión no se podía reñir; que por lo que lo hicimos fue por aquello de quién había de ser el repartidor, y ninguno nos fiábamos. Anduvimos a golpes, y como ellos daban con el fagot y con la flauta, y yo con el violín, llevé la peor parte, porque ya es sabido que la madera es menos heridora que el hierro. Allí se deshizo la compañía, allí dejé el instrumento en las espaldas de Cachimbo y allí me marcaron como a una res, aunque no a hierro ardiendo, sino a flautazo limpio. Mira.

Se destocó la cabeza, buscó en su enmarañada cabellera y me enseñó una cicatriz como de un par de dedos que mismo se veía que había sido de un estacazo a modo.

Yo no sabía qué cosa comentar para hacerle olvidar los golpes y se me ocurrió preguntarle por los cuartos.

—¿Y la bolsa?

—Eso es lo malo, hijo, que quedó sin repartir, y dos de nosotros tres se tuvieron que marchar a dos velas.

—¿Se la llevó el señor David?

—No, hijo, que no pudo, aunque lo quería, que me la tuve que llevar yo, corriendo como un conejo durante más de una semana, y ahora me remuerde la conciencia.

—¡Vaya por Dios!

—Sí; verdaderamente.

Abraham se quedó como pensativo.

—Con lo que en ella había —continuó— me compré esta caja y la primera remesa de mercancía para ir viviendo, y lo que sobró se lo di a los pobres desamparados, que no pueden trabajar, y a quienes está bien dar una ayuda.

—Sí, señor.

—Llegué a repartir cerca de una peseta, y más hubiera dado de haberme sobrado más, pero la mercancía es cara porque los papelitos se mojan y hay que tirarlos, y a la gente hay que darle coplas nuevas y ahora no hay poetas como en otros tiempos.

Me acordé de repente de don Federico; fue el diablo quien me lo trajo a la cabeza, y allí se labró mi ruina.

—Yo conozco uno —le dije.
—Pero ¿es bueno?
—Sí, señor, muy bueno. Es mi amo.
—¿Y sabe hacer coplas?
—¡Ya lo creo! De todas clases.

A Abraham se le alegró el semblante.

—¿Y querrá anticipar algún dinero para la imprenta?

A mí, en aquel momento, se me descorrió el velo que tenía sobre los ojos y pude ver claro por dónde iba el tunante. Sin embargo, ya no podía dar marcha atrás; había que seguir adelante y defenderse de la mejor manera.

—No sé; se lo puede usted preguntar.
—¿Y vivís muy lejos?
—No, señor; en aquella casa que allí se ve.
—Pues vamos andando. Anda, acompáñame, que ya te lo he de pagar.

Si fue por la obligación de buscar a Trastámara o por la poca fe que di a sus palabras la razón por la que me negué a acompañarle es cosa que no veo claro.

—Ahora no va a poder ser, señor Abraham, que ando detrás de un caballo que no encuentro, pero vaya usted hacia el mediodía y allí se encontrará con don Federico y podrá hablarle.

—¿Don Federico dices que se llama?
—Sí, señor.
—¿Y de apellido?
—No lo sé.
—Bueno, es igual. ¿Tú estarás allí a esa hora?
—Procuraré.

—Pues hasta luego. Anda por el caballo y que San Antonio te lo ponga delante.

Nos despedimos y marché detrás del rastro de Trastámara, más que un poco preocupado con el encuentro.

No sé si mi cabeza no estaba para atender a nada o a lo que pasó, el caso fue que el caballo no lo topaba por más que procuraba atender. Después de un largo trecho de andar y otro largo trecho de ver pasar el tiempo, me senté desazonado sobre una piedra a esperar que Dios me iluminase.

La cabeza la tenía poco segura, y de ella no podía apartar la imagen de Abraham, con sus cintas verdes y coloradas y sus papeles naranja y amarillos. Me lo figuraba sentado donde lo dejé ordenando su caja, haciendo tiempo para que llegara, con el mediodía, el momento de presentarse ante mi amo.

Pensé avisar a don Federico y ponerle en guardia contra el antiguo músico; entonces, tan inocente era que pensaba que los poetas escuchan la voz de la cordura cuando suenan en sus oídos las sirenas de la fantasía.

Volví la cabeza y detrás estaba Trastámara, mirándome.

Como, aunque a trasto y pendón pocos le ganaban, en el fondo era dócil y noblote y conocía a su gente, sólo un silbido me bastó para que arrimara.

Lo monté y, sin hacer ni un extraño, tiró, como todas las mañanas, para la cuadra. Lo azucé un poco para llegar a tiempo de dar el aviso, y en menos que canta un gallo me puso su caminar a las puertas de la casa. Le di unas palmaditas en el cuello, otra más fuerte en la grupa y Trastámara se marchó por el portón, en busca del pesebre.

Volví hacia la casa para entrar, como era de ley, por la puerta de atrás, y oí voces y risas que me dieron mala espina. Escuché y quedé espantado: Abraham y don Federico hablaban del negocio de las coplas.

—Bueno —se oía a mi amo—, yo le haré las coplas. De los gastos de papel y de imprenta, me ocupo yo; usted no se preocupe. Usted lo único que tiene que preparar son hermosos discursos para las mozas, bellas y apasionantes arengas para nuestros romances. ¡La copla del amor que todo lo cura, la copla del amor ciego y del amor no correspondido! ¡La copla de los amores del Rey del Mar con la bella Princesa de las Sirenas! ¡La copla de los amores del Rey del Aire con la hermosa Infantina de las Palomas!

Se oía la risa de Abraham. Entonces vi que ya no había remedio. Esperé a que se marchara; no hubiera querido verlo. Cuando lo hizo me presenté, cariacontecido, a mi amo.

—Don Federico —le dije—, quería hablarle.

—¡Habla, Lázaro, caballero Lázaro, amigo mío! ¡Hoy es día grande en la Cruz del Bordallo! ¡Mañana mis versos volarán, como mariposas, por encima de Cuenca, por encima de Madrid, por encima de España toda! ¡Irán vestidos de colores, y unos simularán una nevada, otros, una lluvia de azules campánulas, otros, aun una granizada de enamorados corazones! ¡Es día grande, Lázaro, el día más grande de la historia! ¡Los observatorios se volverán locos, y desde los mundos del cielo sus habitantes creerán que la tierra arde, que ha llegado la era de la bienaventuranza, que ya no quedan en ella miserias ni hombres ruines!

No me atreví a desengañarle; por el camino todavía se veían las espaldas de Abraham.

—Mi amo, yo me tengo que marchar.

—¿Ahora que vamos a conseguir la felicidad?

—Ahora; sí, señor. Yo no quería, pero...

No sabía lo que mentirle; nada llevaba preparado.

—¿Pasa algo?

—Sí, señor... Que he heredado.

—¿Quién te lo dijo?

—Una corazonada, señor don Federico, me lo dice. Yo... me voy a Salamanca.

Don Federico parecía como cavilar.

—Al corazón, hijo mío, hay que creerle. Vete.

Se había puesto solemne y me dio su mano a besar.

—Que Dios te guarde.

—Yo no me quiero ir todavía. La señorita Marie no sabe nada. ¡La pobre está tan triste con lo del niño!

—Sí; es verdad. Díselo. Pero no te distraigas. El corazón...

Fui donde la señorita Marie, le conté toda la verdad y le dije que me marchaba.

—Me voy contigo, Salamanca; ya me fui una vez.

—No, señorita Marie, ahora no; ahora no voy a casa de ningún don Federico. En España no hay ningún don Federico más.

Lloró, lloramos los dos, mejor dicho, como dos bobos, le rogué que por nada del mundo desengañase a nuestro amo y fui al piso de arriba, donde este estaba.

—Don Federico —le dije—, a usted le encargo la señorita Marie; dígale que no se venga conmigo.

Una pena me cogía todo el pecho. Hice el macuto, guardé los dos duros que me dio don Federico y salí a la puerta.

El sol ya se había puesto y era casi de noche. Sin embargo, no quise esperar.

Los caminos se abrían, una vez más, a mi desamparo, y las estrellas serían, una noche más, el techo de mi sueño.

Si aquel día fui noble, que el diablo me perdone. Que Dios me perdone, a cambio, las muchas veces que en mi vida fui ruin y vicioso. Vaya lo uno por lo otro.

Al llegar, a los cuatro o cinco días de marcha, a los montes que llaman de Cabrejas, pensé que, harto ya de padecer por el andar y andar sin descanso y sin tino, habrían de sentar bien a mi cuerpo pecador unos tiempos de paz y sosiego.

Lo pensé de repente, cuando veía a mis pies toda la llanada que dicen de la Mancha alumbrada como un ascua por el sol de la tarde.

Decidí conseguirlo y no lo logré; hice lo que pude, pero fue en vano. El sino de mis huesos era trotar senderos y allanar caminos, y yo, ¡pobre de mí!, quise luchar con él; luego pude ver cuán vanamente.

A mis plantas se veían los pueblos colocados como con la mano, y, antes de decidirme por cuál habría de ser el mío, los contemplé con calma, como el señor de todos, regodeándome en imaginarlos fértiles y acogedores como, por desgracia mía, ninguno de ellos era, y ordenados y ricos como, para desgracia de sus moradores, ni uno solo resultó.

Miré para el levante y vi poblachos en ruinas y aldehuelas miserables de hermosos nombres. A lo lejos, Palomares del Campo se agazapaba, como temerosa, sobre el terreno, y Torrejoncillo del Rey moría entre las barbecheras como un animal sediento. Más cerca de los montes corría el Gigüela por su duro lecho de cantos, y Horcajada de la Torre y Villanueva de los Escuderos se miraban, sobrecogidas, sus viejas y rugosas muecas en las aguas escasas. Vi que eran los pueblos de los venidos a menos y les volví la espalda; los tiempos eran duros, y una hogaza de pan bien valía por diez escudos de piedra.

Caminando con el sol el paisaje nada mejoraba y hacia el poniente, mismo al alcance de la mano, Carrascosa del Campo parecía un conejo preparado para escapar. Me dio risa la ocurrencia y saqué del morral un poco de vino que compré al pasar por Caracenilla con el dinero que me diera don Federico. Me había hecho menos impaciente y más sesudo, y escapaba de llevar dinero en la bolsa. Alcázar del Rey moría al pie de una colina y Belinchón, a lo lejos, y con el sol de cara, semejaba una joya perdida en mitad del secano.

Hacia allí decidí marchar, y, aunque mucho antes de alcanzarlo pude ver que de joya poco tenía y sí mucho de pajar y bastante de cuadra, pensé que más prudente sería no seguir vagabundeando como perro sin amo, y a él me dirigí.

Tiré, como un conquistador, por la calle de en medio, y estuve en dudas si pararme ante un letrero que decía Fonda de Lucas, ante otro en el que se leía Mesón del Mirlo, o ante otro todavía, más modesto, que no ponía más cosa que Posada. En la Cruz del Bordallo me había hecho un señorito, y, como aún me restaban seis pesetas, pensé darles aire por aquello que decía de que había perdido la afición a las bolsas repletas, al vientre vacío y al cuerpo molido.

Me decidí por el del medio, y hacia él arrimé mi persona con decisión y como si ya estuviese acostumbrado de toda la vida. Era un viejo caserón, mal enjalbegado y lleno de costras, con planta baja y un piso, profundo ventanillo enrejado a la morisca en la primera y corrida balconada de piedra en el segundo. Sobre el portón, que tenía unas letras grabadas y ya medio borrosas, había un pájaro negro no muy dibujado y sujeto a la balaustrada del balcón un letrero pintado con almagra, donde con primor —según me dijeron más tarde— había puesto el Miranda, el maestro herrador, que también pintaba y hacía de todo un poco, las palabras que se podían ver: Mesón del Mirlo. Vinos y comidas. Hay camas. Al ir a pasar la puerta miré otra vez para el letrero y pude ver que la almagra ya tenía —de puro vieja— el rojo y como entristecido y apagado color de la sangre seca. Me dio mala espina el pensamiento, y para desecharlo imaginé que aquello sería cosa del tiempo, que a veces se entretiene en desfigurar los sucesos, en variar los colores y en envejecer las carnes.

Entré, y un olor a rancio me dio en las narices. Nada se veía en todo el vasto zaguán, fuera del rincón que alumbraba el ventanillo. Dejé la puerta cerrada, como estaba, y grité por el amo. Un niño que jugaba con un cachorro a la luz que daba el hueco levantó la cabeza, me miró y se echó a llorar. Pasó algún tiempo, volví yo a las voces y el niño al llanto, y por la escalera, que crujía y se quejaba como un desvanecido, bajó una mujer gruesa y peluda, con los brazos remangados y el sucio delantal de rayas recogido a la espalda.

—¿Qué quieres? —me dijo desabridamente.

—Que me trate de usted, que para eso pago.

—¡Anda con el mocos! ¿Qué desea vuestra señoría?

A mí, me estaba hartando con tan poca educación. No es que uno fuera un príncipe, ciertamente; pero tampoco uno se acercaba al mesón a robar gallinas o a pedir limosna.

—Quiero comer y beber y una cama para la noche.
—¿Y mañana?
—Mañana Dios dirá.
—¿Va de pasada?
—No lo sé; vengo a buscar amo a quien servir.
—Bueno, bueno. El pago es antes, ¿me entiende?
—Sí, señora. ¿Cuánto es?
—¿Qué quiere cenar?
—Lo que haya.
—Aquí hay de todo, pida usted.
—Pues deme vaca.
—No, vaca no hay.
—Pues unos huevos.
—No, huevos no hay más que uno y es para mí.
—Que le aproveche. ¿Hay patatas?
—No, se han acabado.
—Pues…, deme lo que se estile, a mí me es igual.
—Le daré cecina, ¿le gusta la cecina?
—Sí, señora; y un jarro de vino.
—¿Tinto?
—Sí, tinto. ¿Es bueno?
—¡Ya lo creo! Tenemos vino del país, vino de Arganda y vino de Valdepeñas. ¿Cuál quiere?
—Deme del país, siempre será más barato.
—Sí. ¿Un litro?
—Bueno. ¿Cuánto es todo?
—¿Va a tomar copita?
—No.

Hice ademán de echar mano a la bolsa y la mujer se amansó.

—Pues verá; la cecina, treinta; el vino, cuarenta, ya van setenta, y la cama, pongamos otros setenta, total, para redondear, seis reales. Como yo también tengo que ganar, le llevaré siete reales por todo. ¿Hace?

—Hace. Tómelos usted.

La mujer cogió los cuartos, se los metió en un pañuelo que sacó por el escote y desapareció escaleras arriba.

—Aquí cenamos a las siete —me dijo ya desde el rellano.

Salí fuera por matar un poco el tiempo y me metí en una taberna a tomar un vaso. Todos me miraban, pero ninguno me daba ni las buenas tardes; se conoce que era la costumbre de aquel pueblo. La gente estaba callada y nadie se movía. El zumbar de las moscas era continuado como el ruido de un agua que manase, y en el hilo de la luz y sobre la tarlatana color de rosa que tenían para tapar el queso y el chorizo —un pedazo de queso y otro pedazo de chorizo— grandes y negros racimos de moscas se apelotonaban y hervían como en una olla.

Pagué la perra y me marché. Aún era de día y aún la hora de la cecina estaba lejos, pero pensé que más me convendría conocer el pueblo, aunque no más que de por fuera, que acabar de aburrirme con los clientes de la tienda de vinos.

De aquel viajecillo hube de sacar dónde emplear mis hambres, y de ello doy gracias a Dios: que si con don Roque no lo pasé demasiado bien, quién sabe cómo lo hubiera pasado sin él.

El caso fue que en la plaza de la Constitución me senté en un poyo de piedra que resultó que caía debajo de un letrero que decía: Botica del Licenciado Roque Sartén; que de la botica asomó don Roque debajo de su bonete de terciopelo; que del cuerpo del boticario salió una voz chillona como la de una damisela, y que la voz me dio pie para pegar la hebra, primero, y pasar dónde dormir a cubierto, después.

—¿Tienes frío, mozuelo? —me preguntó la voz.

—No, señor —le respondí—; que aún no es tiempo.

El don Roque me miró con sus cristales igual que si yo fuera un bicho raro, y continuó:

—Estás muy alto, ¿eh?

—Sí, señor; más que el año pasado.
—¿Y eres de por aquí?
—No, señor.
—¿Eres de Tarancón, entonces?
—Tampoco; no, señor. Soy del campo de Salamanca.

Me miró aún con mayor fijeza y puso una cara rara de verdad.

—¿Y cómo has llegado hasta aquí?
—Pues ya ve usted, a lo mejor buscándolo a usted.
—¿A mí?
—O a cualquiera; voy buscando amo a quien servir.

El boticario torció la boca, no sé si para sonreír.

—¿Y te gusta el oficio?
—¿Qué oficio?
—El de mancebo.
—¡Ya lo creo! Siempre andaba a vueltas con que quería ser mancebo. Mi padre no quería, decía que era oficio peligroso, que a veces se quedaba uno ciego.
—¡No hagas caso! ¿Y pides mucho?
—No, señor; yo nunca pido, yo cojo siempre lo que me dan.

Don Roque se había sentado ya a mi lado; parecíamos dos viejos amigos.

—Pues ven mañana por aquí, ¿quieres?, ya te iré enseñando a trabajar. Ahora estoy solo y un poco de compañía siempre hace falta.
—Muy bien, don Roque; mañana vendré.
—Hasta mañana, hijo mío. Oye, no me llames don Roque, llámame señor licenciado. En los pueblos, ya se sabe. ¿Quieres?
—Sí, señor licenciado; hasta mañana. Ahora voy al mesón, que ya tengo pagada la cena.
—¿Estás en el mesón del Mirlo?
—Sí, señor licenciado.
—Pues ándate con ojo con la Paca, ¡es tan brutota!

—Gracias por el consejo, señor licenciado; hasta mañana.
—Adiós, hijo; hasta mañana. ¡Eres una palomita!

Don Roque Sartén se metió en la botica y yo me quedé en medio de la plaza pensando en la Paca, en la cecina, en esto de la palomita y en el niño que viera jugando en el zaguán del mesón. Tenía un lío dentro de la cabeza que mismo parecía que me había vuelto loco.

Cuando empujé la puerta del mesón ya estaba la gente alrededor de la larga mesa; se conoce que ya eran las siete. La Paca repartía improperios mientras trajinaba de un lado para otro, y el niño y el cachorro, abrazados, miraban la escena desde un rincón.

Alrededor de la mesa habría unas ocho o diez personas, todas hombres, menos una; tenían aire de arrieros de alguna posición y comían y bebían abundantemente. Yo me senté en un extremo del banco.

—Que aproveche —les dije.

—Igualmente —me respondieron a coro.

Esperé en silencio a que me trajeran la cecina; comí y bebí cuando me la sirvieron, y pregunté por la cama cuando concluí.

—Mucha prisa es esa —me dijo la mujer.

—Sí, señora —le repliqué—, que estoy cansado del camino y tengo sueño.

Me mostraron la alcoba, me dijeron cuál era la cama y en ella me eché para dormir, si no como un bendito —cosa que no conseguí por la cantidad de maldiciones que de mi boca salieron aquella noche—, sí al menos como un hombre hambriento de colchón.

El lecho era un camaranchón con tantos años como la historia, alto y desvencijado, con aire no de apacible sepultura —como es ley que las camas han de ser—, sino de flaco y fino galgo cazador, con más ruidos y más ayes que una caja de música o el entierro de un alcalde, y con más bichos que un carnero muerto el día de la Virgen del Carmen y mirado el día de la Asunción. Para compensar estos excesos, tenía su colchón tan poca lana como escasa era la educación de su dueña, y la cama tan desnuda estaba y con tan poca ropa se cubría que mismo parecía, si no fuera por lo sucia, que acabara de salir del baño.

Pasé la noche de mala manera, y los placeres que me prometía tan por ningún lado aparecieron que momento no faltó, ciertamente, en que echara de menos el abrigo de un matorral o el duro pero tranquilo lecho de una cuneta.

Entre las picaduras de los bichos, que me soliviantaban, y el roncar, eructar y gargajear de mis compañeros de hospedaje, que no permitían vivir al silencio, tales juramentos llegué a echar por mi boca y tales malas ideas llegó a guardar mi cabeza que no sé si aquella noche habrá llegado a servir, ella sola, para condenar eternamente mi alma. Quizás Dios quiera perdonarme, ya que si juré y malpensé no fue sin motivo ni a cambio de ventaja alguna; que fue no más que por desahogarme y como para demostrar, al fin, que todavía —aunque malamente— seguía viviendo.

Pasó la noche, llegó la aurora y detrás de ella el día, y abandoné el lecho y el mesón del Mirlo sin decir ni oste ni moste: que buena palabra no podía dar y mala preferí callar.

Tiré paso a pasito para la plaza de la Constitución y me senté a la puerta, aún cerrada, de don Roque Sartén. La gente me miraba al pasar —las mujeres camino de la fuente y los hombres arreando a las mulas hacia el campo— y aun hubo alguno que me preguntó si estaba enfermo, que tan de mañana me apostaba a la puerta de la botica.

—No, señor —le dije—, que no estoy enfermo, sino sano y bien sano, y que espero a que don Roque se levante y abra la tienda, que yo soy del oficio y vengo a trabajar con él.

Me miró el hombre con cara de asombro y se dio media vuelta sin dejar de volver la cabeza de vez en cuando, quizás por ver la traza que yo tenía.

Esperé con paciencia y a pique de dar las nueve el campanario de la iglesia, comenzó a rebullir don Roque para, al poco rato, abrir las maderas del escaparate y meter la manilla, que todas las noches sacaba cuidadosamente, por la puerta que por fuera parecía la de un corral —de inocente como uno se la imaginaba— y por dentro estaba mismamente atascada de cadenas, candados y cerrojos.

—Buenos días, señor licenciado —le dije.

—Buenos, hijo; veo que eres cumplidor.

Yo sonreí para caer con bien y me dispuse al trabajo.

—¿Hay algo que hacer?

—Por ahora, no, hijo, que las tablas ya las recojo yo, porque están medio partidas; pero desconfía, que ya tendrás quehacer.

Me metí para dentro y me senté. Don Roque, al poco, salió con un pedazo de pan y me lo dio al tiempo que decía:

—Toma, Lázaro; para que te alimentes. Aquí no es costumbre dar desayuno como si fuésemos a labrar la tierra, que nuestro trabajo requiere ligereza de cuerpo y claridad de espíritu; pero hoy te lo voy a dar porque no quiero que tu entrada en la casa sea hecha bajo el signo del hambre. ¿Tienes apetito?

—Sí, señor —le dije cogiendo el mendrugo.

—¡Claro, estás en la edad!

Yo comí mi pan, que vino a resultar mi único desayuno de mis tiempos de boticario, y bien pronto pude ver que lo único que el don Roque gastara y aun malgastara fuera saliva, que de lo demás tan ahorrador se mostró que, aunque quise, noche a noche, guardar de la cena para el desayuno, nunca llegué a conseguirlo, ya que tan parca fuera aquella que un pellizco, aunque de monja, no hubiera admitido.

—Lázaro —me dijo el amo cuando acabé—, créeme que me pareces buen muchacho y que lo que te voy a decir me hace violencia, pero piensa también que el mundo está lleno de pícaros y de ganapanes, y que a veces pagan justos por pecadores; que si no hubiera sido por un mancebo que tuve, más ladrón que Caco y más traidor que don Oppas, que lo cogí robándome la manzanilla, yo ahora nada te diría, pero entonces me prometí seguir un camino, y, aunque bien a gusto lo abandonaría, pienso que mejor será hacerse el fuerte y no claudicar. ¿No crees?

—Sí, señor licenciado, eso creo; pero, por amor de Dios, que no se me pare en rodeos, que ya estoy impaciente por escucharlo.

—Pues sí, hijo, que ando a la busca de la manera de decirlo y no la encuentro.

—Dígalo como mejor le plazca, que yo ya haré por entenderle.

—No lo dudo, Lázaro, que ya te dije que me pareces avisado, pero es que se trata de algo delicado.

—¿Mucho?

—Bastante, que es cosa de la bolsa, que siempre duele cuando la tocan.

—Pues dígalo sin recato, que más vale salir con prisa de los malos tragos.

—También eso es verdad. Pues el caso es que no es que no me fíe de ti, pero a veces ya es sabido que, como vulgarmente se dice, debajo de una mala capa se esconde un buen bebedor, y pienso que más vale prevenir que poner el parche, aunque a los boticarios nos convenga a veces que el golpe se dé y el parche se ponga. ¿Me entiendes?

—Así, así.

—Pues te voy a explicar. Como yo soy hombre confiado que nada recato de las miradas de mi socio (que tú aquí serás con el tiempo y cuando tengas unos ahorrillos, como mi socio) y nada guardo, tampoco, bajo llave, más que aquello muy importante que pudiera llamar a tentación, me veo obligado, por lo que te decía, a tomar algunas medidas, ¿me entiendes?, de... ¿cómo diría?... de precaución.

—Sí, señor.

—No es que no me fíe, ¡no vayas a pensar mal!, pero ya es sabido que a veces, donde menos se piensa, salta la liebre.

—Sí, señor.

—Pues eso. Que yo pienso que si tú llevas algo de plata encima podías dejármelo en fianza, que yo te haría un recibo con todas las de la ley, y así ya estaríamos los dos más tranquilos: yo porque guardaba tu dinero y tú porque no me veías desconfiar. ¿No te parece?

—Sí me parece, señor licenciado, y yo en su caso a lo mejor haría lo mismo; pero créame —le mentí— que soy pobre de solemnidad y ni un real llevo encima, que lo último que tenía en el mesón lo dejé.

—No te preocupes por eso, que con buena voluntad todo se arregla, y que si hoy no tienes ahorros quizás los tengas mañana. Lo que podemos hacer es que yo, en vez de pagarte en dinero, te voy dando un recibito todos los meses, y al cabo de un año pienso que ya has de tener para la fianza. ¿Aceptas?

—Acepto, sí, señor —le dije, pensando que ya encontraría —¡pobre de mí!— manera de hacer efectivos mis recibos.

—Pues bien, pasemos ahora a las condiciones. Los tiempos están malos, como sabes; pero yo contigo no voy a regatear. En mi casa tendrás lecho, que ahora te enseñaré; comerás igual que yo coma, menos el postre que yo me doy los domingos y los días de fiesta, y recibirás al mes seis reales para tu bolsillo. Yo te daría más, pero pienso que estás en edad peligrosa para andar cargado de dinero, que nada bueno trae —no siendo ahorrador— y engendra vicios y enfermedades.

Le di las gracias por lo que me ofrecía, ya que pensé que mejor sería mostrarse suave, y, enseñándome lo que había de servirme de cama, comenzó mi trabajo con el boticario.

Según me dijeron en el pueblo cuando fui haciéndome amigos, el don Roque Sartén era judío descendiente de conversos de la antigüedad, y algunos, los más lenguaraces, aseguraban que tenía voz de flauta porque no era como Dios mandaba y como eran todos los hombres, sino espadón y acaponado, como gato que fue travieso o potro que anduvo desasosegado. Lo que de verdad hubiera en la voz del pueblo es cosa que no tuve ocasión de averiguar; cierto es que las mozas no le preocupaban, pero no menos cierto es que podía muy bien ser virtud lo que las gentes achacaban a defecto. Después de todo, y como aquello a mí no me importaba, dejé que siguieran diciendo y a nadie hice maldito el caso.

Entre unos sacos de papeles que un día me metí a fisgar encontré ese libro de que hablaba y que me llenó de alegría, *El Lazarillo de Tormes*, porque en él vi retratado a quien seguramente debió de ser mi abuelo, y la providencia no quiso que lo conociera. Hubiera preguntado a don Roque de buena gana, pero no me atreví pensando que no le había de gustar que revolviera en sus secretos.

La vida en la botica era tan pobre como descansada, y así, aunque mucho no comía, como demasiado tampoco se me hacía trabajar, fui tirando sin mayores apuros hasta que me harté del señor licenciado y de sus parcas y ahorradoras costumbres.

A los clientes se les cobraba por adelantado, porque, según decía don Roque, no era cosa de andar trabajando como unos negros para que después no pagaran. Por lo visto, eso de cobrar por adelantado debía de ser costumbre de Belinchón, ya que la Paca, la dueña del mesón del Mirlo, lo mismo hacía. Verdaderamente, cada cual tiene sus costumbres y cada cual se fía de quien le da la gana.

A las ropas y a los cueros se me pegó un olor a droga que me acompañó hasta que me di aire, y, aunque al principio me molestaba un poco y me hacía estornudar, después me fui acostumbrando, y a lo último casi ni lo notaba.

El orden que había en la tienda llamaba la atención, con todos sus botes en fila y con el nombre de la medicina por fuera, y de haber estado la botica un poco más limpia, a fe que no hubiera tenido rival ni en la misma ciudad de Cuenca. Yo ayudaba a mi amo a alcanzarle los botes cuando andaba con las recetas y, al poco tiempo, ya me ordenaba filtrar cualquier cosilla o trociscar algunas píldoras, cocer ciertas raíces o poner a macerar determinadas cortezas.

Al cabo de un par de meses ya salía al mostrador a despachar bicarbonato o alguna otra cosa facililla, y, aunque el encierro no iba a mi manera, aguantaba allí metido, quizás porque llegué a creer aquello de los tiempos difíciles de que constantemente me hablaba el señor don Roque.

El sitio donde dormía estaba lleno de humedad, y por las mañanas tenía la voz como tomada y a veces casi ni se me entendían las palabras, de ronco como llegué a estar. Entonces me demostré que los catarros nada querían conmigo, y de ello me huelgo, porque desde lo del pobre señor Felipe llegué a cogerles verdadero miedo.

Los domingos, y a diario cuando echábamos el cierre, me dedicaba a pasear Belinchón de un extremo al otro —cosa en la que no gastaba demasiado tiempo— y a hablar con los amigos que allí tuve, que aunque duros de mollera, como jamás los vi, compensaban bien crecidamente su cerrazón con mala voluntad y peores intenciones, con lo que resultaba que el pueblo padecía una nube de mocitos a cual más ruin que traía a los perros huidos, a los asnos apaleados, a los viejos añorando pasados tiempos de mayor respeto, a los cristales en eterno peligro y soliviantadas y como salidas a las mozas. A mí me divertían aquellas andanzas y correrías, pero lo malo fue cuando una vez el Ceferino dejó sordo de un cate al Paquito, que era el hijo del secretario, que empezó a echar sangre por el oído y rugidos y espuma por la boca, que mismo parecía que le había dado un ataque, porque el Ceferino, que era taimado como un lagarto, me echó la culpa a mí, y el Paquito se calló, con lo que vino a suceder que los palos del secretario me los llevé yo, y mi amo el licenciado se vio en la obligación de reprenderme, para lo que me tuvo encerrado dos semanas en la tienda y me negó el recibo de los seis reales aquel mes: que la pena, como él me dijo, hay que notarla en el bolsillo, que en las carnes cicatriza y en la libertad no a todos impresiona.

Aguanté todo lo que quisieron hacerme, y, cuando el don Roque me soltó, cogí al Ceferino, y le regalé, con alguna propina, las tortas que me diera el secretario, para mí tengo que por equivocación. La voz de los palos corrió entre los muchachos y a mí llegaron a tomarme tan gran respeto que si no fuera por los viejos, que andaban siempre diciendo que yo era un pelao y un mal nacido, me hubiera llegado a convertir en el amo de las bandas. Preferí, sin embargo, no hacerlo y estarme quieto, porque, después de todo, lo que en aquel pueblo sucediera a mí ni me iba ni me venía.

El pobre Paquito se fue a ahogar, al verano siguiente, una vez que se arrimó hasta el Tajo para bañarse; el hombre tuvo que andar lo menos dos leguas para morirse. ¡Menos mal que no iba yo entre la compañía! Si no, no hubiera tenido más remedio que largarme y no volver a asomar por allí.

Seguí haciendo que trabajaba, continué fingiendo que comía, y no impedí que, como siempre, mi imaginación anduviese distraídamente cuando el señor licenciado se esforzaba —es un decir— en enseñarme el oficio. El don Roque para todo encontraba, sin embargo, una solución, y si bien es cierto que yo tan negado me mostré que hubieran pasado los años sin distinguir la sangre de drago del aceite de Aparicio —ni el mismo árbol que sangra del tímido arbusto que llaman corazoncillo—, no menos cierto resultó que, llegado el momento en que quise marchar, tales razones adujo y argumentos tales inventó que por no llevarme nada de la botica ni con los recibos siquiera hube de cargar.

—Que estos recibos yo ahora no te los puedo pagar —hubo de decirme—, que la bolsa la tengo como escuálida de tantos gastos como me ocasionaste y las lecciones que hube de darte —si en ello reparamos— también algo han de valer, pienso yo. Y no es honrado que un muchacho ande cargado de recibos, como un recaudador de contribuciones, y pierda con ello el candor y la inocencia que tanto adornan. ¿No te parece?

—Pues mire el señor licenciado —le dije— que a mí no me parece demasiado; que pienso que si usted hoy no puede darme los cuartos podrá a lo mejor mañana o pasado, y que bien mirado eso de llevar unos recibos en la bolsa para mí que siempre viste.

—No te fíes, muchacho, y sigue mis consejos, que soy más viejo que tú, y ya sabes aquello que se dice de que más sabe el diablo por viejo que por diablo. Piensa que los recibos no te los voy a pagar, y así te irás haciendo a la idea de que, por ahorrar tiempo en buscarlos, tampoco te los voy a dar. En mi casa has encontrado sosiego y buena compañía, lecho, comida y educación, ¿qué más puedes pedir? Si te quieres ir, como dices, con la tía Librada, allá tú y tu conciencia, que yo ya te dije bastante; pero que además quieras irte con mis cuartos, verás que no es de ley.

Yo no discutí, porque bien claro hube de ver que nada en limpio iba a sacar, y preferí despedirme como amigo, por si tenía que volver sobre mis pasos de la aventura con la tía Librada, mujer que por sí sola me hubiera hecho llenar todas las páginas de este libro si con sus hazañas hubiese querido regodearme y extenderme.

El caso fue que abandoné la botica y trasladé mi persona de casa, ya que no de pueblo, cambio con el que perdí —como casi siempre— porque acabó mi servicio a palo limpio, pero con el que continué aprendiendo y formando la costra del carácter.

Pero pienso que esto ha de relatarse aparte por lo pintoresco del suceso que hubo de acaecer.

TRATADO OCTAVO

Levántate, Simeón, o el arte de echar las cartas

Yo, como digo, no me había incomodado con don Roque Sartén, sino tan sólo que, pensando que iba a mejorar, cambié dueño por dueña, rebotica por corral, y paz y miseria por constante sobresalto y olla de carnero los lunes, día dedicado al satélite que llaman Luna, patrono de las maquinaciones de mi nueva ama.

A su servicio hube de entrar porque ella misma me lo pidió una noche que iba yo de paseo por el campo y me la topé que andaba a la caza de sapos, menester en el que la ayudé, y con tan buena fortuna que al tiempo que ella estaba todavía por la pareja yo le llevé un saco con más de la docena, detalle que bastó para que me ofreciera el doble de soldada que el boticario y toda la libertad que quisiera, a cambio tan sólo de silencio y discreción.

Pienso que el que ahora hable de aquello, con ella probablemente tostándose desde hace muchos años en los infiernos, en nada quebranta el juramento que de mi mutismo me hizo hacer; a buen seguro que sólo quiso referirse a mis días de Belinchón y, todo lo más, al tiempo que ella durara sobre sus dos pies.

La tal tía Librada, por mal nombre la Sota, era una mujer cincuentona y escurrida de carnes, bigotuda y con los cueros amarillados, el ceño fruncido y el mirar misterioso y dominador bajo la poblada y erizada ceja. Hablaba con la zeta y más con la nariz que con la boca, y las cosas que decía, ya raras de por sí, pronunciadas con aquella voz llegaban a atemorizar.

A mí no me molestaba mucho, y mi única misión, además de poner cara de tonto a todo, se reducía a llevar recados adonde me mandaran y a cazar sapos y culebras o buscar zarzamoras y helechos cuando se precisaban.

Mi ama era adivinadora y curandera, y, aunque yo al principio me reía por dentro y no hacía ni caso de sus maquinaciones, tales cosas llegué a ver en nuestra casa que al final terminé con el corazón en un puño y más temeroso y acobardado que un cordero.

Vivía bien, aunque de por fuera pobremente, y ganaba dinero a espuertas, porque su fama se había extendido por todo el contorno y le llegaban visitas no sólo de Tarancón y de Santa Cruz de la Zarza, sino hasta de Aranjuez, de Alcalá de Henares y de Quintanar, y aun quién sabe si de Cuenca o del mismo Madrid. El caso era que en la casa siempre había gente, y que, aunque no cobraba más que la voluntad, el dinero se iba juntando, y la vida mejoraba a ojos vistas a fuerza de gastar, aunque con disimulo, y no guardar ni un ochavo de un día para otro.

Las visitas las recibía en el desván de la casa en que vivíamos, sitio donde jamás me dejó entrar. Tal fue mi curiosidad y tal la fuerza que llegó a tener que, no pudiendo evitarla, me las ingenié de manera que el fisgar me resultara fácil, para lo que mi industria discurrió ensanchar un poco una grieta de la pared que caía sobre el pajar, sitio desde el que se podía, si no dominar toda la vasta habitación, sí al menos oír la conversación y ver de vez en cuando alguna maniobra. Yo estaba temblando que me descubriera el escondrijo, porque, desde el momento en que me apostaba tras la tronera, la lechuza que tenía sobre el respaldo de la silla no sacaba ojo de allí; pero lo cierto fue que la tía Librada, atenta a sus clientes, no se percató de los extraños del pájaro, animalito —por otra parte— a quien nunca osé molestar.

El desván estaba amueblado con gran lujo de trastos, a cual más inútil, y en los estantes podían verse botes cargados de extrañas mixturas o de hierbas curalotodo y frascos de cristal con sanguijuelas, culebras o corazones. Que cuando el oficio es raro no ha de ser vulgar el material.

Consultaba por las noches, y a la luz de un velón de cera virgen, y los clientes, la mayor parte de las veces, tenían tal cara de espanto que no sé yo si siempre saldrían compensados de la visita y de los cuartos gastados. Los había de todo sexo, edad y condición, aunque lo que más abundara, según pude ver, fueran las mujeres ya maduras, todavía a la espera de marido, que a la tía Librada acudían porque las rescatase de la soledad.

Los medios que mi ama usaba eran tan variados como los casos que se presentaban y, así, a veces bastaba con un bebedizo, otras se precisaba un exorcismo, las más, un tiento a la baraja, y las menos, un par de docenas de cabezadas contra una calavera de macho cabrío que tenía sobre una banqueta. El mal de amores solía ser una de las dolencias más frecuentes, y su curación, aunque la tía Librada aseguraba su buen fin, era un tanto complicada y embarazosa, a pesar de lo cual la recetaba a diestro y siniestro, quién sabe si por el mucho éxito que alcanzaba.

A la enamorada de turno le preguntaba cuál era su nombre y cuál el de su amado. Recuerdo una que se llamaba Rosa y que amaba a un Fidel que, por las trazas, no le hacía maldito el caso; la pobre estaba muy apenada, pero al poco tiempo volvió por nuestra casa con la nueva de que el Fidel le había declarado su amor, noticia que aprovechó la tía Librada para sacarle más cuartos, que la pobre tonta pagó sin rechistar. Yo no creo que tan desviado, como en un principio lo presentara, andaba el Fidel, porque me parece que demasiado eficaz resultó el remedio; pero lo cierto es que la Rosa quedó complacida y mi ama aumentó su fama, con ella, su clientela, y con esta, sus ingresos, que ya bastante saneados eran por entonces.

Después de conocer los nombres le mandaba coger unos cristales de alumbre con la mano izquierda, de un frasco que le presentaba, y hacer con ellos tres montoncitos sobre la mesa; le hacía pagar el precio también con la mano izquierda y le ofrecía un papel de agujas que había de tomar siempre con la misma mano. Encendía el fuego mientras esperaba que sonasen las doce, y al caer la primera campanada le ordenaba ir echando en las brasas un montoncito y una aguja, al tiempo que recitaba, para que la parroquiana lo fuera repitiendo, unas palabras que, sobre poco más o menos, eran así:

Elena, Elena, hija de rey y reina;
a Belén fuimos,
tres clavos encontramos,
uno lo tiro al mar encarnado,
otro lo tiro a su hijo Constantino
y otro lo tiro al corazón de Fidel.
Que no pueda vivir ni parar,
ni comiendo, ni bebiendo, ni durmiendo,
hasta que a las plantas de la Rosa se venga a postrar.

Dicho esto, si del fuego salía la figurita de un perro de lanas, es que el conjuro iba por buen camino.

Los ojos de la Rosa estaban atónitos, clavados en las ascuas, y, cuando de ellas vio brotar el perrito, puso la mayor cara de satisfacción que vi en mis días.

Los martes y los viernes eran los días que dedicaba mi ama a echar las cartas, y a fe que los curiosos por conocer su porvenir no eran escasos. La tía Librada elegía esos días de la semana, ya que, por lo visto, eran los más a propósito para la adivinación. Usaba tantas barajas como visitantes tuviera, porque a las cartas no se les puede cansar —ya que, si no, mienten—, y después las echaba en una cazuela, de donde las sacaba de víspera para ponerlas bien en condiciones. Los lunes y los jueves, por la noche, ya se sabía que había preparativos: extendía las cartas sobre la mesa —baraja a baraja—, las rociaba con aguardiente, las envolvía en un paño y las metía debajo del colchón. Al día siguiente, las barajas estaban como nuevas y decían siempre la verdad.

Yo estaba maravillado con lo que veía y, en los primeros tiempos, llegué a olvidarme, con tanta emoción, de los amigos y hasta de Belinchón entero. No sé si la tía Librada llegó a sospechar que yo la espiaba, pero el caso es que, directamente, nunca hubo de sonsacarme nada.

—¿Estás a gusto? —me preguntó un día.
—Sí, señora —le dije—, que como bien y el trabajo no mata.
—¿Y no tienes miedo?
—¿Miedo de qué?
—No sé, ¡como la gente es tan habladora!
—No haga usted caso, señora Librada, que lo que tiene la gente es envidia. ¡Si la envidia fuera la tiña…!
—Eso digo yo.

Por las noches, quizás para que no anduviera por el medio, solía mandarme a algún recado o a cualquier extraña cacería, pero lo que yo hacía, para no perderme la fiesta, era darme prisa para volver antes de las doce —que era la hora mejor— y saltar después por el corral para llegar a llamar a la puerta, ya de madrugada, con mi contestación en el bolsillo o mi saco de sapos al hombro, como si no supiera nada. Con eso la mujer se confiaba y yo podía seguir divirtiéndome.

Una noche me pegué el gran susto cuando vi aparecer en el desván a la Paca, la del mesón del Mirlo, que venía a que la tía Librada le echara las cartas.

Mi ama la saludó muy fina y le dijo tantas palabras corteses y le hizo tales zalemas que yo mismo estaba como embobado viendo lo que allí sucedía. Colocó la bruja el sello de Salomón sobre la mesa, acarició durante un rato las alas de la lechuza y sacó la baraja que tenía envuelta en un pañito y guardaba en el seno. Barajó con cuidado y dio a cortar a la Paca; esta, que ya debía de conocer la costumbre, no dijo ni palabra, y usó la mano izquierda. Tomó de nuevo las cartas la tía Librada e hizo con ellas diez montoncitos de a tres, poniéndolas siempre boca abajo; las diez que le quedaban las fue repartiendo una en cada montón, al tiempo que decía: Tras, tras. ¿Quién es? Soy yo. ¿A quién buscas? A la Paca. ¿Qué la quieres? Saber lo que le va a pasar quiero. Para eso la traigo. Para eso vengo. En lo que me digas ha de venir a parar.

Cuando acabó de decir sus palabras empezó a leer las cartas una a una y de izquierda a derecha, y al llegar al montón número diez hizo seña con la mano de que prestara atención porque aquel había de decir en qué iban a acabar los días de la Paca.

Las cuatro cartas eran: el rey de copas, el as de bastos y el tres de bastos, todos boca arriba, y el siete de espadas boca abajo.

El montón anterior había sido todo de espadas.

—¡Ay, Paca! ¡Casi no me atrevo a decírtelo!

—¡Dilo, mujer!

—¡Sea, ya que lo pides! Esta noche, cuando vuelvas a tu casa, tu hombre te va a requerir como esposo. Seréis felices unos instantes y después reñiréis: tu hombre te cruzará la cara de un navajazo; aquí está este rey que te lo dice.

—¿Y si escapo?

—No podrás, que no tienes con quién; que la sangre se puede evitar porque las espadas están abajo, pero del hombre no te escapas, que aquí está el as de bastos y a ti nadie te quiere en Belinchón, que ya no eres moza.

La Paca bajó la cabeza con resignación ante lo inevitable y se dispuso a marchar.

—¿Cuánto te debo?

—No es nada, Paca, que bien siento que la baraja no mienta. Ahora la voy a quemar para que en seguida te seque la sangre.

—Gracias.

—No hay que darlas.

La tía Librada tiró la baraja al fuego y se volvió a la Paca.

—Anda, besa aquí.

Se desnudó un hombre y le mostró un tatuaje que llevaba en el nacimiento del brazo.

—Es la rueda de Santa Catalina, que era fina, muy fina, como la harina, una, dos y tres que contigo ya es, cuatro, cinco y seis, de la cabeza a los pies.

La Paca besó el hombro de mi ama con los ojos cerrados.

—Ahora vete —le dijo la tía Librada—, súbete a la cama con el pie derecho.

La Paca se fue, y al día siguiente todo Belinchón hablaba de la puñalada que le diera su marido. Mi ama recogió las cenizas de la baraja, las mezcló con aguardiente y se las hizo comer, quieras que no, a uno de mis sapos.

El pobre, borracho y atascado como quedó, no sabía ni moverse; la mujer lo metió en una bolsa y se sentó encima.

—Así te pudras en vida, chulo asesino, y te coja la guardia civil, y uno, y dos, y tres, y cien, y mil, que no cates el vino, que no comas tocino, y que pagues preso y encerrado. Así sea.

Al día siguiente, Filemón Estévez, el marido de la Paca, fue a dar con sus huesos en la cárcel de partido. Agarró unas fiebres y antes de dos semanas murió. Todos los años, por aquella fecha, la cicatriz de la Paca se ponía roja. No faltó quien dijera que de víspera se la pintara con almagra la tía Librada.

Eso es cosa que ignoro; lo que sí sé es que todos los años, la noche anterior —según me contó una criadita que tuvo cuando yo me fui, y a la que encontré al cabo del tiempo en Madrid hecha una señorita, de camarera en el café cantante que llaman El Rubí—, mi ama se encerraba sola en el desván y empezaba a manipular con la baraja hasta que el cuatro de bastos quedaba panza arriba. Por lo bajo, mientras trajinaba con las cartas, decía de cada vez: ¡Levántate, Simeón! Ponte derecho, enseña la asadura, para que el Filemón no deje el duro lecho de la fría sepultura. Cuando el cuatro de bastos aparecía, la bruja se liaba a correr como una loca por todo el cuarto, sacudiendo el aire con su toquilla; la lechuza, entonces, se espantaba y empezaba a dar saltos de mueble a mueble, batiendo las alas siniestramente; con el revuelo de las dos, la vela acababa por apagarse, y cuando se hacía la oscuridad volvía la tía Librada a su cantinela, que ahora decía: ¡Ay, Simeón, Simeón! ¿Dónde está la asadura dura que le robaste en la sepultura? La lechuza bisbiseaba en las tinieblas, y mi ama, ya más sosegada, encendía otra vez la luz, recogía un poco los trastos y se marchaba. El pobre Filemón, desde el infierno, se debía de estremecer.

Tantas cosas maravillosas hube de ver durante aquellos tiempos que para mí tengo que la tía Librada debía de tener pacto con el mismo Satanás que habita en los infiernos.

Yo procuraba seguir mostrándome tranquilo y decidor, y el ama, yo creo que sin esforzarse, continuaba apareciendo todos los días como la más pura y amorosa de las mujeres.

Una de mis obligaciones era llevarle el desayuno a la cama, porque ella, quizás por las trasnochadas, no era demasiado madrugadora, y jamás se la veía trajinando por la casa antes de las nueve o nueve y media de la mañana. El desayuno era sencillo, y la verdad es que no me costaba mucho trabajo prepararlo: un pedazo de pan de higo y medio vaso de aguardiente es cosa que pronto se dispone. Cuando se lo bebía —siempre de un trago y como con apresuramiento— solía acometerla la tos, y día hubo en que, no conformándose con el ruido, acudían a invadirla las arcadas de forma tan alborotadora que tales altibajos y tales glu-glús hacían su babear y su jadear, que a mí —que ciertamente no era ningún remilgado colegial— me echaban asqueado de la alcoba.

Una mañana en que aquello sucedió, y en que ella estaba de mala uva, cualquiera sabe por qué, no le pareció bien que yo me marchara y empezó a tocar la campanilla para que volviese.

—¿Me llamaba usted? —le dije.

Ella, sin dejar de gargajear, me contestó:

—¡Anda, mal bicho, desagradecido, siéntate ahí!

Yo la obedecí y arrimé la banqueta. Ella continuó:

—¿Te parece bonito, gandul, dejarme aquí como una basura, yo que para ti soy talmente como una madre? ¿Te parece bonito, di?

—Señora —le respondí—, yo no la dejo a usted abandonada, créalo, que para mí tuve que no me necesitaba y pensé que mejor sería lavar un poco los sapos para aprovechar el tiempo.

—¡Déjate de sapos y estate ahí que para esto te pago!

—Sí, señora.

A orilla de su cama estuve, oyendo todos los ruidos que el revuelto cuerpo de mi ama quiso hacer durante dos largas horas, y cuando ya parecía que le tornaba la calma me alcanzó una mano al tiempo que me decía:

—Oye, Lázaro, que, aunque tú no lo creas, yo soy de buen corazón, y temo que la gente no lo piense así.

—A la gente, señora, ya sabe usted, ¡ni caso!

—Eso decimos todos cuando la cosa marcha bien, Lázaro, pero a veces sucede que una se pone como temerosa y llena de aprensiones y empieza a pensar y a cavilar, y no saca en limpio más que dolor de cabeza. Yo sé bien por qué lo digo.

—Sí, señora.

—No digas que sí, que no lo sabes: que eres muy joven para ver por dónde voy.

—Sí, señora.

—¡Ya lo creo que sí, hijo, ya lo creo que sí!

Se quedó en silencio durante un rato y cerró los ojos. Parecía como dormida cuando levantó un poco la voz para decirme:

—Vete a buscar a don Julio; estoy muy mala...

Don Julio era el médico.

—Pero, señora —le respondí—, que a lo mejor lo que tiene se le pasa con otro trago de aguardiente.

—No, hijo, que si así fuese ya te lo habría pedido. Vete por don Julio y no me hagas hablar, que pienso que se me va el espíritu.

—Allá voy, señora Librada; que si quería que usted sanara sola es porque pienso que el don Julio no le tiene buena ley.

—No, Lázaro; que dices verdad, que mejor me la tiene mala y bien mala pero ya sabes tú que Santa Bárbara tiene más devotos cuando truena que cuando está escampado. Ve a buscarlo.

No me hice rogar más; cogí la gorrilla y empujé la puerta y fui en busca del don Julio que tanto mi ama parecía precisar. Como en su casa no estaba, anduve tras él por todo el pueblo, hasta que me lo topé poniéndole unas cataplasmas a la joven Genovevita la hija de los Rubios, por mal nombre, el señor Pantaleón Cortada y la señora Juana Soto, gentes de buena posición que habían hecho unos ahorros con la carnicería que heredaron de una tía de ella, muerta sola, soltera, vieja y engañada.

Empujé la puerta y llamé por el amo.

—Señor Pantaleón, ¿da su permiso?

El carnicero me respondió desde dentro:

—¿Quién es?

—Soy yo, señor Pantaleón; Lázaro, el de la tía Librada.

—¿Qué se te ha perdido por aquí?

—El médico, señor Pantaleón, que ando a su busca y dicen que hacia aquí venía.

—Espérate ahí abajo, que ya acabará. ¿Está mala tu ama?

—Sí, señor, muy mala.

—¡No explotará, no! ¡Dios no querrá hacernos ese favor!

Yo me atreví a sonsacarle.

—¡Mal la quiere usted!

—No, hijo, que no le hago más que justicia. La quiero como se merece.

—No hay que hacer caso de habladurías, señor Pantaleón. ¿A usted le hizo algo?

A lo largo de nuestra conversación fue el dueño de la casa bajando las escaleras, y cuando andábamos por lo que ahora cuento ya estábamos los dos, uno mirando para el otro, sobre los menudos cantos del zaguán.

—¿A mí? ¡Hombre... como hacer...!

El señor Pantaleón cambió repentinamente de expresión.

—Oye, mozo, ¿a ti no te parece que eres muy joven para tirarme de la lengua?

De arriba le llamó su señora.

—Oye, Pantaleón, que subas a tener a la niña, que le queman mucho las cataplasmas.

El amo miró para la escalera, y respondió a voces:

—¡Si le queman, que se aguante!

Yo quise caer simpático, y metí baza de nuevo.

—¿Le están poniendo cataplasmas a la Genoveva?

—Sí, ¿no has oído? ¡Claro que le están poniendo cataplasmas!

Bajó la voz, y continuó como si hablara consigo mismo:

—Yo no sé en qué va a terminar esto.

El hombre parecía como preocupado, y estuvo unos momentos en silencio, con la cabeza baja; yo quedé callado, porque lo juzgué más cauto, y esperé a que se reanimara.

—Oye —me dijo—, fue un viento, ¿sabes?, que le cogió el costillar; don Julio quiere apagárselo con calor. Yo no sé...

—Ya verá usted como no es nada, señor Pantaleón; a lo mejor, mañana ya está buena.

—No sé... No sé...

Se fue hacia el hueco de la escalera y llamó a su mujer.

—¡Juana!

—¡Qué!

—Anda, baja.

La voz de la señora se oía lejana y como llorosa.

—Y la niña, ¿la voy a dejar sola?

—¡Baja te digo! ¡Deja a la Genoveva!

—Voy, voy.

En el rellano apareció la señora Juana secándose las lágrimas con un pañuelo.

—¡Anda, y deja de llorar! ¡Así no hacemos nada!

La mujer seguía con las lágrimas.

—Está muy mala, Pantaleón, muy malita.
—Ya sanará, si Dios quiere.

La voz se le puso velada y ronca como un trueno que retumbase detrás de las montañas.

—Y si no... ¡Pues mira!

La madre arreció en los ayes y en las lamentaciones, y el padre, como caviloso, fruncía el ceño para pensar. Anduvo dudando antes de empezar de nuevo con las palabras, y vez llegó a haber en que se detuvo mismo al abrir la boca, antes de que por ella nada saliera. Cuando arrancó tenía los ojos sangrientos y las venas del cuello medio moradas.

—Oye, Juana, la vamos a llevar a la Sota.
—Pero...
—¡Calla! Yo te juro que después la mato.

Todos quedamos en silencio.

—Y tú, galopín, como sueltes prenda te vas detrás de ella. ¿Entiendes?
—Sí, señor.

El amo de la casa se volvió a su mujer.

—Vete con la niña; yo no quiero subir. Dile a don Julio que vaya a sanar a la tía Librada. Y a este —le dijo, mirando para mí— dale un par de reales para que no abra el pico; si canta, ya la pagará.

Rebuscó la señora Juana en un saquete de felpa que llevaba a la cintura, me dio una peseta entera y me ordenó esperar a don Julio para ir por la salud de mi ama.

Cuando el médico bajó, venía guardando los lentes de cerca para cambiarlos por los de andar. Era un vejete pequeño y flaco, vestido siempre de luto —desde lo de la pobre Carmen, según solía explicar—, con toda su revuelta y abundante pelambrera blanca. Andaba despaciosamente y hablaba con propiedad y mismamente como un libro, aun de las cosas más comunes.

—Nada, amigo Pantaleón; ¡arriba ese ánimo! Esto no es nada; un catarro un poco duro que se ha fijado en las vías altas.

Sigan ustedes con las cataplasmas y con los vahos y no se apuren. Yo, mañana, volveré por aquí; a lo mejor ya la damos de alta.

—Adiós, don Julio, y que Dios le oiga.

Salimos de la casa, y, no bien hubimos de pisar la tierra de la calle, se encaró conmigo para decirme:

—Y bien, mozo, tú dirás para qué te manda tu ama en mi busca; yo creí que no me tenía buen querer, pero ya veo que se acuerda de la ciencia cuando las cosas se tuercen. ¡Vaya, vaya!

Seguimos un trecho sin decir palabra, y al doblar de una calleja volvió a pegar la hebra.

—Yo creía que esto de la medicina era campo trillado para ella... ¡Mira tú que una mujer que cura diciendo un versito llamarme a mí, que no tengo tales artes!

—Usted se ríe, don Julio —le dije—, y hace mal; que mi ama está muy enferma, y la dejé que su cuerpo parecía una caja de música.

—No, galán, que te hablo en serio; que me tiene extrañado que se haya acordado de mí, porque pensaba, ¡y quién sabe si acercándome a la verdad!, que me creía punto menos que un ignorante sacacuartos, terror de los sanos y puntillero y amortajador de los enfermos. Yo, si te lo digo, ya comprenderás que es porque así lo creo; que no tengo años ya para mentir ni para andarme con celos de los demás. Porque si yo estudié seis años en Madrid y dormí muchas noches en el hospital rodeado de enfermos de las más diversas dolencias...

Tuve suerte de que nos hallásemos ya ante la casa; cualquiera sabe en qué hubiera acabado el discurso, de prolongarse un poco más el paseo.

—Ya estamos, don Julio —le interrumpí—; ya un día iré por su casa para que me siga usted con eso del hospital.

Me acerqué a la puerta, que aparecía cerrada, y llamé con los puños.

—Es raro —le dije al médico—, porque yo dejé el portón abierto, y a la señora, en la cama. A lo mejor ya está con ella alguna vecina.

—O el mismo diablo, Lázaro, que también deberán ser conocidos.

—¡Quién sabe!

Volví a llamar, esta vez más fuerte, y casi al instante apareció la tía Librada, que nos abría.

—¡Anda, que no eres impaciente! ¡Vaya manera de llamar! ¡Pensé que ibas a echar la puerta abajo!

—Mi querida colega —le dijo don Julio con la mejor de sus sonrisas pintada en la boca—, cómo celebro que el mal se haya ausentado! ¿Algún verso, quizás? ¿Algún sapo que habrá pagado los platos rotos?

Mi ama estaba amoscada y tenía cara de pocos amigos.

—No, don Julio; que cuando pensé que venía usted me entraron náuseas y eché todo el mal fuera del cuerpo. Ahora veo que ya no lo necesito, y estamos igual que antes; que si el vino no se precisa cuando no se tiene sed, ya veremos a quién llama usted con toda su ciencia cuando se sienta enfermo. Que yo soy dura, don Julio, ¡muy dura!, y, aunque hay veces que las entrañas las noto como hirvientes, ya ve usted como después del primer susto ellas solas vuelven a su sitio.

—Lo cual celebro...

—No lo creo mucho, don Julio, pero más vale así; que yo con usted nunca me meto, y usted a mí me espanta los clientes.

—¿Yo?

—Sí, don Julio, que todo se sabe...

Como estaban los dos de pillo a pillo y ninguno quería que el otro le entendiera demasiado, por eso de que más se teme siempre la fiereza del león que pintan que la del que se ve, hablaban a veces tan a medias palabras que yo me quedaba a la luna de Valencia, como se dice, y a menos de media ración de todo lo que oía y de lo poco que entendí.

Después de andar pullazo va y pullazo viene durante cerca de media hora a la misma puerta de la casa, se despidieron como dos amigos, ante el asombro de las personas que lo vieron, y que tan presto lo contaron que a las pocas horas no se hablaba de mejor cosa en Belinchón.

Mi ama se metió en la casa, y yo tras ella, y no bien hubimos entrado en la cocina cuando me preguntó:

—¿Y los Rubios?

—Con la Genovevita mala, ya ve usted. Dice el padre que un viento se le posó en el costillar...

—¡Huy!

—Sí, mala cosa deberá de ser cuando todos andan como andan de llorosos y preocupados. Me parece que el don Julio no le acertó.

—O que está de Dios que sea esta la última, Lázaro; cualquiera lo sabe. ¿Han llamado a don Segundo?

Don Segundo era el cura.

—No lo sé.

—¿Y no te han hablado nada de mí?

—No, señora, nada.

—¿Estás seguro?

—¡Así me muera!

La señora Librada me miró con ojos de ave de rapiña hasta lo más profundo del pensamiento, y continuó:

—¡Más vale! El Pantaleón no me quiere viva, todo el pueblo lo sabe.

Mi ama se fue a un barreño de patatas, se sentó en la banqueta y se puso a pelarlas. Yo la miraba hacer y no me moví. Ella hablaba en voz baja y muy de prisa, como consigo misma, y según lo que fuera diciendo, ora las cejas se le enarcaban, la boca se le fruncía o los ojos se le quedaban parados, mirando escrutadores para cualquier rincón. Se paró de repente y se levantó con apresuramiento camino de la tinaja del agua. Sacó una escudilla y metió una mano. Se había pegado un tajo que por poco le lleva un dedo.

—Sangre, Lázaro... ¡Sangre en la mano del corazón! ¡Así estamos, de tanto perro como hay en este pueblo condenado!

La boca se le movía como con ira, y los párpados le temblaban.

Sobre nosotros retumbaron tres golpes caídos, casi con mimo, sobre la puerta.

—¡Quién va!

—¡Abre, Librada; soy yo, Pantaleón!

Mi ama clavó los ojos unos instantes en el agua.

—Abre, Lázaro; dile que pase. ¡Ya estaba viendo yo que había de venir!

Fui a la puerta y pasé al señor Pantaleón.

—¿Has callado?

—Sí, señor.

—¡Más te vale!

Yo levanté la voz para dirigirme a mi ama.

—Señora Librada, ¿dónde lo llevo?

—Tráetelo aquí, Lázaro, que vea la sangre.

El señor Pantaleón puso una cara extraña.

—¿Qué sangre?

—Nada; que pelando unas patatas se ha cortado un dedo de la mano izquierda.

—¡Ah!

Entramos en la cocina, y el ama, sin sacar la mano de la escudilla, lo saludó.

—Ya te veía venir, Pantaleón.

—¿A mí?

—Sí, a ti; te veía venir, y no por derechas... ¡Ya ves lo que son las cosas! Cuando pensaba en eso, ¡zas!, sangre en la mano del corazón.

—¡Vaya, mujer!

—Sí, verdaderamente.

Los dos quedaron silenciosos, y los dos, disimulando como mejor podían, se espiaban mirándose de lado.

—Oye, Lázaro —empezó mi ama—, arrímale una silla al señor Pantaleón.

Fui por la silla y se la di.

—Anda, siéntate aquí; mira la escudilla, parece llena de sangre.

El hombre miró sin decir ni palabra.

—Pues es agua —continuó la tía Librada—; no es ninguna otra cosa. Es que yo tengo la sangre muy dura... Tú pensarás que también muy mala, ¿verdad?

—No, mujer, yo no pienso nada.

—Mejor.

Mi ama sacó la mano del barreño y se la secó con la enagua.

—Pues ya ves tú por dónde esta sangre va a curar a la Genovevita.

—¿Quién te dijo que estaba mala?

El señor Pantaleón clavó los ojos en mí.

—¡Nadie, hombre de Dios, nadie; no pienses mal! ¿Es que crees que no se ve para qué vienes?

La bruja me llamó.

—Oye, Lázaro, ve a la botica y dile al don Roque que te dé siete bellotas de ciprés.

—¿De ciprés? —preguntó el señor Pantaleón.

—Sí, de ciprés; ¿te extraña?

—No, a mí no.

Me marché por las bellotas, y cuando volví con ellas no estaban en casa ni la tía Librada ni el señor Pantaleón. La puerta estaba cerrada, y entré saltando la tapia del corral. En la cocina, me encontré una lechuza muerta con una navaja clavada en la tripa; el sisear de su compañera del desván se oía intermitente y acompasado como el sonar de un reló que tuviera los segundos muy largos. Un sapo saltó a la artesa desde la piedra del hogar. Los últimos rescoldos ardían bajo la campana, y un grillo, debajo de los haces de leña, rascaba de vez en cuando su lejana y melancólica guitarra.

Un frío me subió por toda la espalda. Estaba sobresaltado y muerto de miedo. Miré para atrás y vi cuatro velas ardiendo pintadas en la pared. Me sentí como malo y escapé. La tapia era más alta desde dentro y me costó mucho trabajo saltarla...

Hui y me acurruqué para pasar la noche al lado de unas cuevas que había detrás del cementerio. A aquella casa no quería ni volver a verla, y pensé escapar del pueblo antes de que amaneciera. Me puse a rezar por lo bajo para que los santos no se olvidaran de mí, y callé cuando vi acercarse a un hombre que andaba sigilosamente arrimado a las tapias del camposanto.

El hombre silbó bajito, y otro hombre volvió la esquina donde estaba la casa de las autopsias.

—¡Hola, don Roque, creí que no venía usted!

—Por poco no puedo, Luquitas; ¿no sabes lo que pasa?

—No, señor, no he cruzado por el pueblo.

—Pues que han metido en la cárcel a don Julio; dicen que envenenó a Genovevita, la de los Rubios.

—¡Pero hombre!

—Sí. Y a Pantaleón lo tienen encerrado; parece que se ha vuelto loco. No dice más que cosas raras; que si sangre, que si escudilla, que si mano izquierda... ¡No hay quien le entienda!

—Eso es cosa del mismísimo Lucifer, don Roque; créalo usted.

—Sí, hijo; yo eso creo. Pero..., en fin, ¡nosotros qué le vamos a hacer!

—También es verdad.

Don Roque se fue hacia la otra sombra tanteando poco a poco el oscuro terreno.

—Anda, Luquitas, ven aquí. Después de todo...

Nada más oí. Sólo recuerdo que no quise esperar la amanecida y que tiré campo a través, saltando aquí, allá tropezando, cayéndome más allá todavía, hasta que no pude más y vine al suelo rendido, y, gracias a Dios, muy lejos ya de Belinchón.

Cuando empecé la carrera, a quince o veinte pasos de los hombres, don Roque y el Luquitas se espantaron y empezaron a gritar:

—¡El demonio! ¡El demonio!

TRATADO NOVENO

Donde relato cómo llegué a la corte
y con qué compañía y pongo punto a esta
primera parte del cuento de mi trotar

Me despertó la luz del día y un rumor que la noche pasada, con el miedo y el apresuramiento, no llegué a percibir. No lejos de mí corría el famoso río que llaman Tajo, y se enseñaba, sentado sobre la otra orilla, el pequeño pueblo que dicen Fuentidueña.

Era ya un hombre, y los miedos, las hambres y las calamidades habían sido mi única escuela. Cada vez que un golpe torcido me hacía levantar el vuelo, los pensamientos, tanto buenos como malos, invadían mi mente hasta que la necesidad llegaba a darlos de lado. Entonces se me ocurrió cavilar, ¡bien lo recuerdo!, sobre los felices mortales que nacen, viven y mueren sin haber salido de tres leguas a la redonda de su pueblo, y pensé, ¡sólo Dios sabe con qué ansia!, en lo dichoso que sería parándome para terminar mis días en las primeras casas que encontrase. Por qué la Providencia no lo quiso es cosa que desconozco; quizás mis carnes estuvieran marcadas con la señal que les impidiera dejar de trotar y trotar sin ton ni son, para arriba y para abajo. Pensé que el correr campos y pueblos, como empujado por el aire, había de ser mi eterno destino, y a él no quise oponerme; los cantos que ruedan, ya blancos de tan lavados, por el lecho de las torrenteras, también a buen seguro mirarán con envidia y con nostalgia cómo las peñas de las dehesas envejecen, inmóviles, hasta cubrirse de musgo; cómo el herido granito de los campanarios de las iglesias del camino llegaba a ver generaciones de hombres a sus pies, y terminaba por conocer sus cuitas y sus alegrías, sus penas y sus achaques.

Miré para el pueblo y crucé el río; aunque tuve buen cuidado de llevar la ropa a la cabeza, nunca se puede evitar que se moje un poco. Me vestí, tiré para Fuentidueña, y poco antes de llegar a las casas vi un puente que cruzaba el río, sobre el que pasaban unos niños arreando a un burro cargado de leña. Quise ver que aquello era mi vida toda, y me entristecí más todavía.

Me metí en el pueblo y pedí de comer; nada me dieron; me llamaron haragán y me achucharon los perros. Hui, y me llevé conmigo a un cabrito que, atado por una pata, tan obstinado estaba con la libertad que olvidara el comer. Lo maté detrás de unas piedras, lo desollé y lo asé como mejor pude (que no fue muy bien, con eso de las prisas, ya que quedó a trozos algo crudo), y con sus carnes ya tuve alimento para las mías hasta que llegué a la corte.

Eso, y algún piojo, fueron mi compañía para presentarme a tan gran ciudad; escamado como estaba de todos cuantos me habían rodeado, pensé que mejor sería la soledad a la mala compañía, y no me paré a cavilarlo más. Hubiera tenido ocasión de entrar a servir con unos arrieros con quienes me topé en Villarejo, pero preferí seguir con la mía y no arrimarme a nadie; como recuerdo, les llevé una bota de Valdepeñas que habían puesto a refrescar en un charco y un par de abarcas que tenían sujeto por las correas en la rueda de un carro desenganchado. Cuando a la mañana siguiente, escondido entre unas vides, los vi cruzar por la carretera, no pude contener la risa; echados sobre los carros, iban inmóviles, ajenos a todo lo que podía pasar; los perros me miraron unos instantes, alzaron las orejas, y gracias a Dios no me hicieron más caso; atados bajo los carros, siguieron mirando el rastro de las mulas, siempre el mismo por todos los caminos.

Los dejé pasar delante porque me pareció más cauto, y esperé donde estaba todo un día entero para hacer distancia.

Al día siguiente llegué al río Tajuña, al pueblo que llaman Perales no sé por qué, y, escarmentado como iba, di la vuelta a las casas por no cruzarlo, y quizás por lo tan conocido de que gato escaldado del agua fría escapa.

En unos prados a la salida del pueblo quise pasar la noche, y cuando amaneció vi con espanto que estaba metido en una dehesa y rodeado de quince o dieciocho toros negros y mal encarados que se entretenían en pastar. Cogí miedo y me subí a un chaparro, y allí estuve incómodo y agazapado todo el día porque se me ocurrió que con las sombras sería más fácil volver al camino. Como el cabrito lo llevaba encima, de él comí, pero cuando me entró la sed fue ella, porque la bota estaba en el suelo, a veinte pasos, y no me atrevía a ir en su busca. A eso del mediodía los toros tiraron hacia el abrevadero y pude rescatar el vino, pero aunque el paso parecía libre preferí volverme al chaparro y no andarme con dibujos.

Llegó la noche; los toros se echaron, y, como no era cosa de seguir como un búho toda la vida colgado de un árbol, me santigüé y eché a correr como un galgo hacia la carretera. Los toros ni se movieron, pero yo me di la carrera de mi vida. Llegué fuera de las tapias rendido y jadeante; eché un trago de vino, y seguí andando para escapar de la compañía. Aquella noche me quedé a dormir en la cuneta porque pensé que las toradas habían de ser frecuentes por aquellos pastizales.

Antes de que el sol saliera me despertó un viejo subido sobre una yegua escuálida.

—¿Has visto por aquí un toro coloreado?
—No, señor.
—Pues por aquí pasó.
—¡Puede!
—Anda escapado, ¿sabes?, y de malas pulgas. Ayer le pegó una cornada al Vencejo.
—¿Al Vencejo?

—Sí; el semental de la vacada del conde. Es mal bicho.

—¡Ya!

El hombre se marchó, y yo anduve con diez ojos todo el día por si veía venir al toro colorao. A la media tarde, cuando descansaba un poco, ya a la vista de Arganda del Rey, oí gran revuelo de voces y de silbidos y llover de piedras todo a mi alrededor. El toro colorao pasó escapado a poca distancia de donde yo estaba; llevaba un asta sangrienta, y el cuerpo, señalado. Detrás, la baraja de mansos, viejos y cornalones, se apiñaba, medrosa, entre el trotar de los jinetes y el correr de los mozos, que hondazo va, hondazo viene, cruzaban el aire a pedradas.

Dejé pasar el chubasco y seguí andando. Dormí a las tapias de una fábrica de azúcar que en Arganda había, y seguí después por la vía del tren hasta Vaciamadrid.

A lo lejos, la corte se veía tan grande como jamás pensé que un pueblo pudiera ser. Las casas, que aún no se distinguían bien, se agrupaban alrededor de multitud de torres, y una niebla que brillaba al sol poniente parecía como rodearlas. Estaba cansado y preferí esperar al día siguiente para llegar a Madrid. Dormí mal aquella noche, desasosegado y soñando toda ella, pero los sueños, ¡tan bonitos entonces!, tan falsos vinieron a resultar luego, que no quiero ni recordarlos.

Lleno de ánimo comencé al día siguiente a andar, y alcancé la capital a eso de la media tarde. Entré por las tapias del Retiro (por la estación que llaman del Niño Jesús), y allí quedé a pasar la noche; fue el diablo quien me lo aconsejó.

Por los desmontes trajinaban los golfos de un lado para otro; hablaban a voces y a medias palabras, tan confusas a veces que más de la mitad ni se les entendían. Entre ellos había alguna mujer ya vieja o demasiado joven todavía; había corros que jugaban a las cartas entre juramentos, y había también solitarios que tumbados boca arriba se entretenían en desliar colillas.

Llegó la noche; me dormí, y fui a despertar, sobresaltado, al poco tiempo. La gente corría a toda prisa de aquí para allá, y a pesar del apuro allí no se daba ni una voz. Yo estaba quieto viendo lo que pasaba. Los guardias engancharon a tres o cuatro, y los demás se fueron dejando coger.

Me levanté y me agarraron de un brazo.

—Anda, no te hagas el longuis. ¡Tira derecho!

Nos metieron a todos en un camión y nos llevaron a Yeserías; yo era la primera vez que subía a un automóvil. Allí nos cortaron el pelo, y a unos cuantos nos llevaron a la comisaría. El comisario conocía a todos como si fueran familia.

—¡Pero hombre, Filipino! ¿Por aquí otra vez?

—Ya ve usted, señor comisario.

El Filipino tenía la cara amarilla y los ojillos pequeños y grises como los de un ratón.

—¡Que no le dejan a uno vivir, señor comisario!

—¡Bueno, hombre, bueno; anda, vete a comer quince días del Estado!

El Filipino se quedó tan fresco.

—¿Y tú? —me preguntó el comisario.

—Este es un paleto —contestó otro de los que estaban allí.

—Calla, Cartagena; ya hablarás.

—Bien, señor comisario.

—¿Tú eres de Madrid?

—No, señor.

Un guardia se me acercó.

—¡Señor comisario! —me dijo, agarrándome de un brazo.

—No, señor comisario —volví a responder.

—¿Y de dónde eres?

—Del campo de Salamanca, señor comisario.

—Bien. ¿Cuándo has llegado a Madrid?

—Anoche, señor comisario.

—¿Es verdad?

—Sí, señor comisario, verdad.

—Oye, Cartagena, ¿habías visto a este?

—No, señor comisario.

—Bien. ¿Cómo te llamas?

—Lázaro, señor comisario.

—¿Y qué más?

—Nada más, señor comisario.

Todos se rieron.

—¡Silencio! —reclamó uno de los guardias.

—¿Tienes documentación?

—No, señor comisario.

—Bien. ¿Y qué vienes a hacer a Madrid?

—Vengo a ver si trabajo; ando en busca de amo a quien servir.

—Bien. ¿Cuántos años tienes?

—No sé.

—¿Tendrás veintiuno?

—Seguramente.

¡Nunca lo hubiera dicho! El comisario se volvió hacia el escribiente y le dijo:

—Escriba, García: el individuo a que se refiere el presente oficio, llamado Lázaro... ¡Oye! —me dijo—¿Cómo quieres llamarte?

—Como me llamo, señor comisario: Lázaro.

—No, digo de apellido.

—Como usted quiera, señor comisario; mi madre se llamaba Rosa López.

—Siga, García: ... llamado Lázaro López López, hijo de... de Pedro y de Rosa, natural de Salamanca, de veintiún años de edad, etc., etc. Póngamelo usted a la firma. Va dirigida al señor coronel, jefe de la caja de recluta número 1, plaza.

—Bien, señor comisario.

—¡A ver, otro!

Siguieron mis compañeros pasando el interrogatorio. El escribiente acabó el escrito, el comisario firmó y un guardia me llevó a la caja de recluta. ¡Allí acabó mi libertad! Madrid, donde me las prometía tan felices, me metió en el cuartel, y en él, aunque a los dos meses escasos me sacó de asistente el teniente Díaz, me encontraba al principio como pienso que han de encontrarse los mirlos y los jilgueros al llegar a la jaula.

Aprendí la instrucción y los buenos modales, me acabaron de enseñar a leer y a escribir, y me metieron en la cabeza las cuatro reglas.

Cuando al cabo del tiempo me licenciaron, tenía todo: una documentación, una cartilla, un certificado de buena conducta... Lo único que me faltaba eran las ganas de seguir caminando sin ton ni son por los empolvados caminos, las frescas laderas de las montañas y las rumorosas orillas de los ríos.

Me sentí viejo, (¡entonces, Dios mío!) por vez primera en mi vida, y me encontré en la calle otra vez con el cielo encima y la tierra debajo.

Los primeros días los pasé con los cuartos que me dio un ama de cría que conocí de soldado. Después... Después empezó la segunda parte de mi vida. Pasé por momentos buenos y por instantes malos; conocí días felices y semanas desgraciadas; gocé la buena salud y padecí el hambre aún mejor..., y llegué, paso a pasito, a lo que hoy soy.

Contar el camino, ¿para qué? Fue la espinosa senda de todos quienes conocí...

Epílogo

Si no acabé rico como mi abuelo, soltero me conservo, y libre así del pecado que le atribuyen. Vaya lo uno por lo otro.

Y pongo punto. Si estas páginas son a veces amargas, piénsese que las escribo ya viejo y sin recursos; que para mí se me hace que la falta de bienes tanto llega a envejecer como la sobra de años, y la Divina Providencia parece querer cargarme de tantos años y de tan pocas pesetas como de los unos y las otras tengo ahora.

Si empecé animoso y acabé rendido, acháquese a la falta de pericia que en estas lides Dios me dio, y no se olvide que ni se pueden pedir peras al olmo ni vino a las fuentes de los caminos.

Si el cuento a alguno sirve, tanto mejor; con ese fin fue escrito. Si a nadie vale..., ¡qué le vamos a hacer!, a alguno distraerá. Y si ni aun eso consiguen mis palabras, pienso que por lo menos para tranquilizarme durante los días que en su orden empleé ya habrán valido.

Nota del editor

Aunque Lázaro, en el Tratado IX de su relato, nos habla de que pone punto a la primera parte de sus andanzas, pareciéndonos indicar así que pensaba escribir una segunda que abarcase desde donde dejó el hilo del cuento hasta el fin de sus días, no parece probable que esta continuación jamás la escribiera. En todo caso, y si alcanzó a redactarla, por lado alguno llegó a encontrarse.

Cuando le visitamos, poco antes de nuestra guerra, en el hospital de San Juan de Dios, de Madrid, para preguntarle que dónde la había echado, nos respondió que en su cabeza seguía, porque había pensado que así había de ser mejor por aquello de que nunca segundas partes fueron buenas.

Quizás Lázaro tuviera razón.

No sabemos si murió de aquella o de otra, o si sigue vivo todavía. Nada sabemos tampoco si varió de opinión. Lo que sí podemos asegurar es que seguimos sin noticia, tanto de nuestro hombre como de sus ingenuos y atormentados cuadernos de bitácora: o de macuto, morral o fardelejo, mejor sería decir.

Lo que lamentamos por no poder —por hoy— dar completa la historia de este hombre ejemplar que combatió contra todas las adversidades y se apagó como una vela cuando dejó de caminar.

Madrid, mayo de 1944

ANEXO

Pícaros, clérigos, caballeros y otras falacias, y su reflejo literario en los siglos XVI y XVII

A Américo Castro y a Marc Bataillon.

Por las enseñanzas que recibí de ambos y por las curiosidades que supieron despertar en mi.

I

La historia general de los siglos de oro de la literatura española, de los siglos XVI y XVII, se representó y se escribió con tanta lozanía como eficaz donaire, pero también, ¿por qué hemos de disfrazar con palabras el pensamiento?, un poco de pillo a pillo y —con menos saludable descaro que vergonzante pudor— al grito de ¡sálvese el que pueda! Ni el Lazarillo de Tormes, ni Guzmán de Alfarache, ni el escudero Marcos de Obregón, ni las harpías madrileñas, ni Teresa de Manzanares, la Niña de los Embustes, ni la Garduña de Sevilla, ni el bachiller Trapaza, ni Estebanillo, ni el Gran Tacaño, ni el Diablo Cojuelo, ni toda la cohorte de pícaros que los acompañaron en sus malaventuras por este duro y bajo mundo, estaban hechos de diferente madera —aunque pintada, sí, de distinto color— que los viajeros a Indias, o el inquisidor Torquemada, o el secretario Cobos, o los juristas del Tribunal de los Tumultos, o Juan de Escobedo el Verdinegro, o Antonio Pérez, o los mil y un cofrades de su tránsito por la necedad y el aviso y la crueldad y la intriga. Esta aseveración, que bien pudiera parecer tenue e irónicamente heterodoxa a algunos y a una primera vista, ya no lo es tanto —o puede no parecerlo tanto— si se consideran los hechos acaecidos, y las causas que los motivaron, y las herramientas —morales, psíquicas y físicas— con que se llevaron a término, y los comportamientos de los protagonistas de aquel revuelto y bullidor proceso histórico, con una curiosidad mínima y de nueva planta, esto es: procurando seguir y entender el hilo de los sucesos y su clave humana, y no repitiéndolos —vacíos de sentido y horros de significación— a título de salmodia recitada como artículo de fe tras haberla aprendido en los manuales. La evidencia de que su fruto literario, la novela picaresca, haya venido a resultar inmarcesible y glorioso, no es razón suficiente —aunque sí, quizá, consecuencia inmediata— para dar pábulo al contrario pensamiento.

II

El diccionario, en trance de definir al pícaro y a lo que es pícaro y propio de pícaros, abre dadivosamente la espita de los denuestos para ponerlo, ¡pobre y zurrado pícaro!, cual digan o no digan dueñas. En las cuatro acepciones —y todas emparentadas— que registra, el diccionario moteja al pícaro de: bajo, ruin, doloso, falto de honra y vergüenza, astuto, taimado, dañoso, malicioso, descarado, travieso, bufón y de mal vivir. Lo peor de todo es que, tras el chaparrón, el pícaro, probablemente, sigue sin ser definido tal cual es en su esencia y su peculiar estado.

Pícaro (en la acepción que aquí conviene, que *pícaro de cocina* es oficio diferente y de documentación algo anterior) es voz que aparece en la literatura española quizá entre 1541 y

1547, en la farsa *Custodia del hombre,* del aragonés Bartolomé Palau, y sin duda en 1548, en la *Carta del Bachiller de Arcadia,* de Eugenio de Salazar. En su forma *picaño* —que el diccionario da como adjetivo y con el valor de pícaro, holgazán, andrajoso y de poca vergüenza— se registra ya en el siglo XIV, en la anónima *Danza de la Muerte* y en el *Libro de Buen Amor,* del Arcipreste, que substantivan el femenino.

> Don sacristanejo de mala picanna,
> Ya non tenés tiempo de saltar paredes
> Nin de andar de noche con los de la canna,
> Fasiendo las obras que vos bien sabedes.
> (versos 561-564)

Se lee en la *Danza.* Y en el *Libro* de Juan Ruiz, se dice:

> murieron, por los furtos, de muerte sopitanna,
> rastrados e enforcados de manera estranna;
> en todo eres cuquero e de mala picanna:
> quien tu cobdicia tiene, el pecado lo enganna.
> (estrofa 222)

> Don Ximio fuese a casa, con él mucha companna,
> con él fueron las partes, concejo de cucanna;
> y van los abogados de la mala picanna;
> por bolver al alcalle ninguno non l'enganna.
> (estrofa 341)

> La duenna dixo: «¡Vieja, guárdem Dios de tus mannas!
> Ve: dil que venga cras ante buenas compannas,
> fablarme buena fabla, non burlas ni picannas,
> e dil que non me diga de aquestas tus fazannas.»
> (estrofa 1493)

Sin embargo, la voz *pícaro,* nombrando al héroe, o a la contrafigura del héroe protagonista de una de nuestras más peculiares formas literarias —quizá a la vera, en orden a su importancia, pero en ningún caso detrás ni a remolque de la gran poesía mística—, no se presenta hasta el siglo XVI, como poco atrás quedó dicho. No deja de ser curioso que en el *Lazarillo de Tormes* —la muestra más pura de toda la novela picaresca, pese a que algunos tratadistas la vean no más que como un ilustre antecedente del género— no se pronuncie la palabra pícaro ni una sola vez. El pueblo español, a principios del XVII, llamaba el pícaro, por antonomasia, al *Guzmán de Alfarache,* y en los registros de las naos que hacían la ruta de Indias se habla de «tantos ejemplares del *Pícaro»,* sobrentendiéndose el libro a que se referían.

III

Ahora bien, *Pícaro,* ¿es voz que en todos los casos quiere decir lo mismo? ¿Actúan, piensan, reaccionan y proceden de idéntico modo Lazarillo que el Buscón, Guzmán que el *Donado hablador,* Estebanillo González que don Gregorio Guadaña? Evidentemente, no. El pícaro de la literatura española es, en cierto sentido, el burlesco gorgojo de la conciencia del tópico —o del ideal humano— de aquel momento: el santo nimbado de bienaventuranza, el caballero aureolado de honor y el capitán cubierto de laureles. La diferencia entre Don Quijote, contramolde del caballero, y Lazarillo, envés del hidalgo cristiano viejo, estriba en que aquél tenía planteado su conflicto consigo mismo —de ahí su singularidad—, al paso que este otro trataba de resolver el permanente problema que le ofrecía su vida, escurriéndose como un ánima huidiza entre las vidas de los demás. Don Quijote vive de espaldas a la realidad del mundo en torno y sus hábitos establecidos y admitidos por la costumbre, al paso que Lazarillo, inmerso en la anécdota y en la esencia misma de las cosas, lucha con ellas, contra ellas, como gato panza arriba, para subsistir. Don Quijote sueña con imponer un orden que estima justo, mientras que Lazarillo se conforma con comer, cuando puede y le dejan, e ir tirando, sin llamar demasiado la atención, que no fuera norma prudente —sino delatora— el hacer lo contrario.

El pícaro es un estoico que sabe que el mundo en torno es malo e injusto, pero que ni prueba siquiera a modificarlo porque teme que con el arreglo pueda resultar peor. «Más vale no meneallo» pudiera ser el mote heráldico que rige la conducta del pícaro. El pícaro sólo intenta vivir (o no morir) y, en el fondo de su conciencia, sueña con que llegue el día en que pueda dejar de serlo o, al menos, de parecerlo. El cinismo del pícaro no es muy diferente, en su esencia, del cinismo del hidalgo o del inquisidor. Acuciado por el hambre y, aun antes, deformado por un concepto del honor que supone fantasmagórico, el pícaro no entiende las razones heroicas del bien nutrido honrado: las disputas teológicas, las disquisiciones sobre el honor y las apologías imperiales. Y asediado por la sociedad al uso admitido, se torna antisocial —aunque con frecuencia se lo calle— pensando en que fuera de ella, al margen y haciendo caso omiso de ella, ha de vivir más tranquilo. Esta actitud a contrapelo puede llevar al pícaro a la situación límite de formar su propia sociedad paralela y de inverso sentido ético y humano, que la sociedad que lo rechaza.

El Lazarillo —decíamos— es quizá el tipo más esbelto y puro y mejor trazado entre los pícaros literarios: su moral —que no coincide con la moral al compás de su tiempo— es firme y alada, y no pierde sus días en fingir moralizadores discursos que le justifiquen, como el empalagoso Marcos de Obregón, a las veces tan indigesto.

El diccionario, en su 4.ª acepción, que es la que aquí interesa, define al pícaro, diciendo: tipo de persona descarada, traviesa, bufona y de mal vivir, que figura en obras magistrales de la literatura española. Quizá nos decidamos algún día a proponer la definición siguiente: tipo humano descarado, apaleado y resignado que vivió en la España de los siglos XVI y XVII rodeado de un ambiente convenidamente hostil y zarandeado por gobernantes tenidos por ecuánimes en su obediente ceguera, clérigos vapuleadores en su falta de caridad y caballeros soberbios en su fanfarria que pronto habría de trocarse en derrota; a su hambre, los historiadores la suelen llamar inadaptación, cuando no le aplican peores y más crueles epítetos.

IV

El pícaro literario español, el sujeto que produjo aquel fenómeno memorable de la narración de sus vidas y andanzas, era casi siempre pobre, cierto o fingido, descarado o vergonzante, solitario o agremiado, que sobre esto no hemos de incidir ahora, pero el español no pobre ni literario de entonces también fue pícaro, aunque se vistiese con muy galanos ropajes y pese a que los más nobles conceptos no se descabalgaran jamás de sus labios y aun de su sentimiento y de su actitud ante los demás. El suceso de que estos últimos no llegaran a ser modelo de obra literaria considerable tiene fácil e inmediata explicación en el rígido y enterizo contexto político y religioso de la época.

La novela picaresca denota sabiduría en la creación pero no, contra lo que se ha venido suponiendo con frecuencia, propósito moralizador alguno, aunque sí —quizá— afán desmitificador, por las confusas revueltas tan caras a los cristianos nuevos, de los postulados y principios tenidos por sacrosantos e intocables: el honor —y aún más, su reluciente barniz— a la cabeza de todos. Vivamos para servir a Dios —suponen o fingen suponer, cada cual a su aire, el pícaro, el clérigo y el caballero— por todos los medios a nuestro alcance, menos el trabajo, que para eso, para admitir herejía semejante, ya nacieron otros hombres —Luis Vives, por ejemplo—, indignos de la divina misericordia y aun del respeto de los demás hombres.

Con la ecuación que rige los espíritus, las conciencias y las conductas de los caballeros se puede formar una cadena sin fin en la que no es preciso dar cabida a un solo eslabón cristiano: el dinero engendra consideración pública, la consideración pública causa honor, el honor produce poder, el poder devuelve honor, el honor receba la consideración pública, la consideración pública es manantial de dinero, y vuelta a empezar. Paralelamente, la comba a cuyo aire se obliga al pícaro a saltar tampoco presenta fisura ni quiebra alguna: el hambre motiva desprecio, el desprecio acarrea deshonor, el deshonor da pábulo a la infamia, la infamia añade más deshonor, el deshonor nutre al desprecio, el desprecio alimenta, ¡qué ironía!, al hambre, y otra vez vuelta a empezar. La primera ringla de situaciones gira en torno al concepto del poder, que en ningún caso es abdicable. La segunda gravita alrededor de la noción de la infamia que, cuando no se puede abandonar (y no se puede abandonar casi nunca), se explota, mientras se pueda, y se pone —en cínica pirueta— al servicio del bandujo, ya que no del alma y del pendiente problema de su salvación eterna.

V

El enunciado «novela picaresca» no pasa de ser término empírico y no poco confundidor, bueno para las preceptivas literarias y los discursos académicos, pero poco útil como clarificador señalamiento; los comentaristas literarios disputan, con frecuencia, sobre sus límites, y la mayor o menor amplitud de sus fronteras suele ser tema grato a la convencional sabiduría de las aulas. La novela picaresca no es, o no es tan sólo, el reflejo literario más o menos realista del mundo de los pobres que viven a salto de mata (el criado de cien amos, el vagabundo sin brújula en el corazón, el escudero con la cabeza horra y los cueros estremecidos, el ratero por lo menudo, la ramera de los más ruines jergones) y zurrados por la falta de caridad del prójimo, sino también la consideración, no importa si como diatriba o como ditirambo, del concepto al uso del *honor* y de su pública y convenida máscara, la *honra*.

La presencia literaria del pícaro pobre es anterior a la novela picaresca (ya Menéndez Pelayo quiso ver en Ribaldo, el escudero del Caballero Cifar, un precursor del pícaro), y la aparición del pícaro poderoso se produce —a mediados del siglo XIX, que no antes— cuando los resortes coactivos por ellos manejados se reblandecen y la hacen posible; hasta entonces, los escritores, no atreviéndose a encararse con el problema y menos aún con las consecuencias que habría de acarrearles su manipulación literaria con la figura del pícaro poderoso, proceden por alusiones y perífrasis que conducen a una literatura, a este respecto, punto menos que críptica en su deliberado y disfrazado esoterismo.

La antítesis *honrado* lector (rico y acomodado) y *deshonrado* actor o personaje (pobre y ambulatorio) quizá pudiera darnos una de las claves de aquella parcela de nuestra literatura y un atisbo de aquel otro rincón de nuestro cuerpo social de entonces. El actor reconforta al lector en tanto aquél puede adoptar actitudes y realizar actos y acometer aventuras que a éste le están vedados por su impermeable, aunque quizá no muy sólido, concepto de la honra, del que —por harto que se sienta— no puede, ni debe, ni aun quiere, desasirse: vestir de harapos, pedir limosna por amor de Dios, sentarse en las escalinatas de las iglesias o de los palacios, mangar para comer y para beber, fumar colillas, hablar en jerigonza, frecuentar los tugurios, los garitos y los lupanares, dormir bajo los puentes o en el quicio de una puerta, recorrer mundo sin una credencial en el bolsillo y sin tener que dar mayores explicaciones a nadie, etc. Al lector *honrado* le atenazan múltiples condicionamientos, cuya existencia ignora (o desprecia o rechaza, incluso con altanería) el actor *deshonrado*, y en la contemplación de tan minúsculas y múltiples anticonvencionales actitudes encuentra el bálsamo que le reconforta —quizá sin enunciárselo del todo— de su falta de libertad y aun de imaginación. Al lector *honrado* le ata con muy recias ataduras la «tiranía del honor», esa vigorosa y convenida cadena sobre la que el actor *deshonrado* tiene un concepto peculiar y ahormado a sus necesidades; el pícaro no carece de norma, aunque ésta sea —obviamente— de consistencia dispar a la del caballero, de la que es su caricatura disolvente. El pícaro procede como lo hace por instinto de conservación, actitud que, por paradoja no del todo compleja ni inexplicable, también adopta el caballero al solazarse —y reírse a saludables carcajadas— con la narración de los ardides que el golfo maquina para subsistir.

VI

El pícaro es especie parasitaria, pero el caballero —la especie parasitada— no lo rechaza sino ante los demás y de labios afuera, esto es, no más que externa y aparentemente; el caballero necesita al pícaro tanto como es necesitado por él, y en el acoplamiento, en la simbiosis del uno y del otro (y del clérigo y del funcionario), debe rastrearse el inestable —y duradero— equilibrio de la sociedad española de aquel tiempo.

El mendigo sirve para permitirnos ejercitar la caridad con él; el pícaro vale para redimirlo y salvar su alma y, si se resiste, para aprovisionar los bancos de las galeras, y el ejemplo de la meretriz en permanente pelea con la enfermedad, y el hambre y el azotador y público desprecio, se usa a los nobles fines de la mejor sumisión de la hembra doméstica a la norma establecida. Al recio cinismo católico del litúrgico lector *honrado* se contrapone el también recio, si bien no más que presentido, cinismo cristiano del agónico actor *deshonrado,* que quiere cortar amarras aunque no sepa bien por dónde ni en qué momento hacerlo. El lector *honrado* admira, allá en los más inescrutables recovecos de su espíritu —y sin osar enunciárselo—, al actor *deshonrado,* quien no sólo no le corresponde sino que ni sabe siquiera que es objeto de admiración.

La novela picaresca carece de motivación social aunque no, de cierto, de intención política, no por tan sólo presentida menos real y evidente.

El pícaro atenta por instinto contra la norma de moral política del poderoso de su tiempo, cuya más alta —y última— meta en esta vida efímera es la salvación de su alma de cara a la otra vida inmortal y bienaventurada, salvación que habrá de conseguirse, a ser posible, por medios mágicos y velocísimos y no como premio a una mantenida e incómoda conducta virtuosa; pero el pícaro lleva a término su atentado quizá sin proponérselo y sí, sin duda, por mimetismo. El pícaro copia al caballero en lo fundamental, o aparentemente fundamental, y sólo se aparta de su modelo en lo que no puede hacer suyo: el vestido elegante, las maneras pulidas, la noble serenidad del ademán, la bolsa pronta y la voz tenante, entre otras circunstancias parejas. El pícaro y el caballero van acortando, a medida que el tiempo pasa, las distancias que los separan, pero no por ascensión del pícaro a los estamentos poderosos sino por degradación moral del poderoso que deja de serlo quizá por suponer —y hacer suya— la reblandecedora noción de que los pobres son necesarios y algo consustancial con la naturaleza del hombre: «Siempre habrá pobres entre vosotros», son palabras de Cristo demasiado literalmente entendidas por el caballero católico español. La expulsión de los moriscos, pudiera ser que la población española más laboriosa de aquel tiempo, ayudó también a subrayar este equilibrio en la competencia ante la holgazanería que queremos ver como el común denominador de pícaros y caballeros. Tampoco fue ajeno al mantenimiento del *status,* la victoria de los conceptos tradicionales de la mendicidad (el dominico fray Domingo de Soto) sobre los supuestos reformistas o modernizadores (el benedictino fray Juan de Medina), que en España tardaron no poco tiempo en abrirse paso y ser admitidos.

VII

El pícaro vive en permanente justificación ante la sociedad que lo soporta (también lo explota, dando rienda suelta a su paternalismo a latigazos) y el arma de la que con más habilidad se vale suele ser la ironía, con frecuencia cruel con el mismo pícaro que la esgrime. El pícaro tiene unos determinados derechos, ruines pero inabdicables, que no asisten al caballero, con lo que se da la circunstancia extrema de la aparición del curiosísimo tipo del pobre vergonzante, el triste y desamparado títere que sin bienes de fortuna —«sin un palmo de tierra donde caerse muerto»— tiene que ingeniárselas para vivir sin dar la espalda a unos determinados principios que no le funcionan pero que tampoco le permiten el abandono, ni el olvido, ni menos aún su cambio por otros diferentes.

Al pícaro desaliñado con naturalidad —y porque no tiene otro remedio— y al raído y corcusido pobre vergonzante que lucha por llevar dignamente, al menos en su apariencia, la derrota, ha de sumársele otro personaje, quizá no tan peculiarmente español, pero ni más virtuoso ni menos humano, que también vive a salto de mata, aunque asentado en más sólida economía, y también forma parte de la briba: el aparatoso y muy en carácter mendigo profesional, organizado y jerarquizado, para quien la vida picaresca es estado y no circunstancia. El pícaro español roba sin arte y cuando lo necesita (aunque esta necesidad la sienta casi siempre), al paso que el pícaro también presente en las literaturas foráneas suele ser ducho en las mil artes de robar: una de ellas, la de pedir limosna como única —y rentable— finalidad de la que tampoco quiere apartarse.

Quizá una de las diferencias que pudieran establecerse entre nuestro pícaro y el pícaro ajeno (o compartido) sea la de que aquél es pícaro contra su voluntad —aunque se recree en la suerte— y por lo tanto redimible, al paso que este otro es pícaro deliberado que no aspira a cambiar su oficio, con cuya rentabilidad se conforma y hasta se reconforta.

VIII

La mala conciencia del poderoso —y el mantenimiento, a contrapelo, de unos supuestos en los que acaba por no creer— fue otra de las próvidas y fluidas fuentes de las que manó, con su gracioso donaire, la novela picaresca. No es lo mismo saberse impuro y con ascendencia mora o judía y no aspirar a prebendas y ejecutorias —tal el caso del pícaro—, que conocer la impureza de la propia sangre y luchar por mantenerla oculta y soterrada. La prueba de limpieza de sangre, elemento tan en boga en la novela picaresca, y el miedo a su resultado o, quizá mejor, a la proclamación pública de su resultado, no produce los mismos efectos en el ánimo del pícaro que en el del caballero temeroso de perder su consideración de honrado, que no precisamente la honra —ni falta que hace— sino su eficaz y sosegadora y rentable apariencia. Américo Castro se planteó el tema de la contribución de los cristianos nuevos a la novela picaresca, con tan meritorio empeño como feliz e inteligente resultado. La psicología del español de entonces se debate entre dos supuestos tan sólo distintos en su aspecto externo: el del cristiano nuevo, que procuraba disimular su condición, y el del falso cristiano viejo que, sabiendo que no lo era, exageraba su disfraz.

IX

La picaresca —y su secuela la novela picaresca— se plantea al contraluz de dos elementos, el pícaro y el caballero, el actor *deshonrado* y el lector *honrado* cuya lucha pudiera enmarcarse en la noción expresada por Hegel en su *Fenomenología del espíritu,* cuando habla del sentido del «yo», de la auto-conciencia del hombre y el proceso por el que llega a ser verdaderamente hombre.

Hegel parte, no de la capacidad cognoscitiva del hombre sino de su libertad, y en la libertad, la verdad y el ser basa toda su doctrina. Según Hegel, la libertad es la determinación fundamental del hombre y habita la entraña misma del saber.

Para Descartes, el pionero de la filosofía de la razón, un ser dotado de figura humana pero horro de pensamiento que pueda manifestarse a través del aspecto creativo de su lenguaje, no sería un hombre sino un autómata. Para Kant, el filósofo del esplendor de la burguesía, ese mismo ser, aunque piense pero carezca de capacidad de acciones morales, no pasaría de ser una marioneta. Para Hegel, la contradictoria cumbre del racionalismo alemán, un ser que renuncia a la libertad a cambio de la conservación de su vida no es un hombre con pleno sentido, sino un siervo.

El deseo primitivo del hombre, esto es, el punto de partida para su autoconocimiento, se dirige hacia los otros hombres con el anhelo de ser reconocido, propósito que acaba convirtiéndose en deseo de reconocimiento. En esta primera situación, la presencia de un hombre —el pícaro o el caballero— ante otro hombre —el caballero o el pícaro— conduce a un mutuo proceso de cosificación en el que el «otro» no pasa de ser considerado sino como una cosa más; para resolver esta situación límite y también para evitar el ser recíprocamente cosificados, ambos deben arriesgar su vida forzando la conciencia ajena y ambos deben luchar por su reconocimiento no como cosa sino como conciencia en sí. Esta lucha no sabe sino de dos salidas: la muerte de uno de los dos hombres, que no resuelve el trance porque difícilmente puede ser reconocido el vencedor como conciencia en sí por un cadáver, o el planteamiento de un nuevo esquema en el cual uno de los hombres cede para evitar la muerte, estableciéndose entre ambos una relación de amo a esclavo. Es el miedo a la muerte lo que provoca la aceptación del amo; también es la clave de uno de los sentimientos más peculiares de la picaresca. El miedo a la muerte es reflejo de la nueva mentalidad de un mundo nuevo: el apego a la existencia terrena —el entendimiento de la locución «este valle de lágrimas» como un tópico insustancial y carente de sentido— y la denodada lucha por la supervivencia. La impronta marcada por la picaresca condiciona, en mayor o menor grado, toda la novela que desde entonces acá se ha escrito en el mundo entero.

El reconocimiento de la autoconciencia a través de otra autoconciencia es, para Hegel, la base sustentadora de la jerarquía. Ese reconocimiento, en el caso que ahora nos toca analizar, es la motivación de la existencia del pícaro y la cifra que nos desvela el papel que cumple en la sociedad. El hidalgo en pobreza y tristeza, el lector *honrado* del que venimos hablando, precisa ser reconocido como señor, le es imprescindible expresar su autoconciencia de amor, y esa necesidad solamente puede perfeccionarla a través del reconocimiento de su situación por otro: el pícaro, el actor *deshonrado* al que aludimos. Este enfrentamiento dialéctico guarda en su más recóndito meollo el germen de la tragedia, porque el amo, que busca denodadamente afirmar su autoconciencia para llegar a sentirse hombre verdadero, no puede —por más que se esfuerce en fingirlo— ser satisfecho por el reconocimiento del esclavo, del hombre que maneja una conciencia que no es libre, una conciencia que no es para sí sino para el mejor o peor uso de otro.

Lo que Hegel llama *Begierde,* el deseo primitivo del hombre, la semilla de su autoconocimiento, es lo que le impulsa a transformar la naturaleza por el trabajo para obtener así los bienes suficientes con que cubrir sus necesidades. Planteada la situación del enfrentamiento amo-esclavo, los deseos del amo deben ser satisfechos por el trabajo del esclavo, situación que lleva al amo a un inevitable apartamiento del mundo en torno, puesto que su conocimiento de las cosas es un conocimiento indirecto, un conocimiento a través de otro: del esclavo que trabaja y proporciona al amo los bienes que éste desea. Tampoco este conocimiento mediatizado puede bastar al amo porque no pasa de ser un conocimiento a través de una conciencia imperfecta, de la conciencia para otro de un hombre no libre.

El tambaleante reconocimiento de su autoconciencia y la ignorancia o el tarado conocimiento del mundo exterior son los dos obstáculos con que tropieza el amo en el camino hacia el hombre verdadero. ¿De dónde surgirá éste, entonces? Dentro del esquema de Hegel, nacerá de la superación de la contradicción, del enfrentamiento dialéctico de amo y esclavo, en el que la existencia del amo es un obstáculo y una etapa a superar. Jamás conseguirá el amo la satisfacción de saberse hombre verdadero por el reconocimiento del esclavo —o lo que es lo mismo: jamás podrá liberarse a través de una conciencia no libre—, mientras que el esclavo, que sí conoce una libertad —la del amo—, podrá llegar a alcanzar la suya si consigue hacerse reconocer por él. El medio de superar el estadio de conciencia para otro es el trabajo, que es efectuado tan sólo por el esclavo y que puede llegar a proporcionarle el conocimiento de una libertad a través del dominio de la naturaleza. Esta libertad consciente no es, con todo, una auténtica libertad hasta que llega a manifestarse en la obtención del reconocimiento por parte del amo: la superación del proceso dialéctico por el que el esclavo puede llegar a ser hombre verdadero.

El amo representa la cara negativa en su enfrentamiento dialéctico con el pícaro. Su presencia es necesaria —y aun imprescindible— como transformador de la conciencia del pícaro al obligarle al trabajo, por pintoresco y desusado que éste fuere, pero intrínsecamente arrastra la imposibilidad de renunciar a su papel de amo, con lo que le queda vedado el logro de la satisfacción total como hombre. Ese cometido está reservado al pícaro, quien sí está dispuesto a dejar de serlo y abandonar la esclavitud, y quien llega, mal que le pese, a un conocimiento de primera mano del mundo que le rodea. Para llegar a su realización, a su liberación total como autoconciencia para sí, necesitará lograr el reconocimiento por parte de su señor y, como es lógico, este último paso hacia el hombre verdadero puede llegar a darse o no, pero, de hacerlo, es competencia exclusiva del pícaro, del elemento positivo —y paradójicamente sano— en la lucha dialéctica.

Cronología breve de la vida y de la obra de Camilo José Cela

1916   El 11 de mayo nace en Iria Flavia, provincia de A Coruña, el primogénito de la familia Cela Trulock, que es bautizado con los nombres de Camilo José Manuel Juan Ramón Francisco de Jerónimo.

1925   La familia Cela Trulock se instala en Madrid, donde es destinado el padre. Camilo José es alumno del colegio de los escolapios de Porlier.

1931-1932   Es internado en el sanatorio del Guadarrama, aquejado de tuberculosis pulmonar. Los periodos de reposo serán empleados en lecturas de la obra completa de Ortega y Gasset y la colección completa de clásicos españoles de Rivadeneyra.

1933   Concluye estudios secundarios.

1934   Abandona la carrera de Medicina para asistir, en la nueva Facultad de Filosofía y Letras, a las clases de Literatura española contemporánea de Pedro Salinas, a quien confía sus primeros poemas. Allí se hace amigo del escritor y filólogo Alonso Zamora Vicente. También frecuenta a Miguel Hernández y a María Zambrano, en cuya casa conoce a Max Aub y otros escritores e intelectuales.

1936-1938	Escribe *Pisando la dudosa luz del día* cuando la guerra civil ha estallado ya y Madrid es asediada. Cela, integrado en el ejército nacional, es hospitalizado tras una recaída en su enfermedad.
1940	Estudia Derecho en Madrid. Primeras publicaciones, entre ellas una hoy inencontrable biografía popular de san Juan de la Cruz que firma con el seudónimo de «Matilde Verdú» y el artículo titulado «Fotografías de la Pardo Bazán», que aparece en la revista *Y*.
1942	Tras una recaída en su enfermedad, es internado en Hoyo de Manzanares. Allí conoce a Felisa Aldecoa, que va a posibilitar la publicación de *La familia de Pascual Duarte*; inicia *Pabellón de reposo* y recupera la salud, lo que le permitirá emprender el viaje a La Alcarria en 1946. Concluye *La familia de Pascual Duarte*, que, tras una dificultosa búsqueda de editor, en la que contó con la ayuda de su amigo José María Cossío, es editada a finales de año por Aldecoa en Burgos. Pío Baroja, que había rehusado prologarla, declara en *El Español* que es una novela muy buena.
1943	Las revistas literarias, entre ellas *El Español* y *La Estafeta literaria*, aplauden unánimemente *La familia de Pascual Duarte*, que no obstante es objeto de sonoros ataques por parte de *Ecclesia*, portavoz de la jerarquía católica. Y así la segunda edición es prohibida en noviembre. Cela abandona sus estudios y su empleo como funcionario para dedicarse por completo a la literatura.
1944	El 12 de marzo Camilo José Cela se casa con María Rosario Conde Picavea.
1946	El 17 de enero nace el único hijo, Camilo José. Entre el 6 y el 15 de junio, el escritor viaja a La Alcarria en compañía

del fotógrafo Karl Wlasak y Conchita Stichaner. La censura prohíbe la primera versión de *La colmena*.

1947 Cela expone su pintura en la galería Clan de Madrid y luego en la sala coruñesa de Lino Pérez.

1948 Cela publica en Madrid *Viaje a La Alcarria* y en San Sebastián el *Cancionero de La Alcarria*, que irán juntos a partir de la edición de 1954.

1950 En enero, estreno en el cine Coliseum de Madrid de la película de Jaime de Mayora, *El sótano*, en la que Cela interviene como actor.

1951 Después de algunos forcejeos con la censura del gobierno peronista argentino, en febrero se publica en Buenos Aires, *La colmena*. La obra es prohibida en España.

1954 La familia Cela Conde se traslada a vivir a Palma de Mallorca.

1956 En Palma de Mallorca se empieza a editar, en abril, la revista mensual *Papeles de Son Armadans*, de la que es fundador y director. Visita, con Ernest Hemingway, El Escorial y coincide de nuevo con él en el entierro de Pío Baroja en el mes de octubre.

1957 El 21 de febrero es elegido para ocupar el sillón Q de la Real Academia Española. El día 26 de mayo lee su discurso de ingreso sobre *La obra literaria del pintor Solana*, al que le contesta el académico Gregorio Marañón.

1964 Cela es investido doctor honoris causa por la Syracuse University, primera universidad extranjera que le concede tal título. El escritor se traslada a su nueva casa de la Bonanova, en grata vecindad de Joan Miró.

1975   El director Ricardo Franco estrena su película *Pascual Duarte*, basada en la novela de 1942.

1977   El 27 de marzo, Cela responde en la Real Academia Española al discurso de recepción del novelista Gonzalo Torrente Ballester. Ambos disertan sobre el arte narrativo. El rey Juan Carlos I lo nombra senador en las primeras Cortes Generales de la transición democrática, y participa en la redacción del texto de la Constitución.

1980   En enero es investido doctor honoris causa por la Universidad de Santiago de Compostela. Le es concedida la Gran Cruz de la Orden de Isabel la Católica.

1982   Recibe el título de Hijo predilecto de Padrón. Es nombrado Académico de Honor de la Real Academia Galega. Recibe el título de Hijo adoptivo de la ciudad de Torremejía, población pacense donde se ubica *La familia de Pascual Duarte*. Es nombrado Cartero honorario por el rey Juan Carlos I. Se estrena en Madrid la película *La colmena*, dirigida por Mario Camus. Cela participa activamente en ella, mediante la interpretación de uno de los personajes: Matías Martí, el inventor de palabras.

1984   Se le concede el Premio Nacional de Literatura por *Mazurca para dos muertos*. Es nombrado Forense de honor por la Asociación Nacional de Forenses, por la descripción de una autopsia incluida en esta novela.

1986   Se publica *Nuevo viaje a La Alcarria*. Recibe la Creu de Sant Jordi y el Libro de Oro de los Libreros Españoles (CEGAL).

1987   Obtiene el Premio Príncipe de Asturias de las Letras «por la elevada calidad literaria de su abundante y universalmente conocida obra y por su significación singular dentro de las letras hispanas de este siglo, en las que ha influido considerablemente». Es nombrado Ciudadano de honor de la ciudad de Tucson (Arizona).

1988   Recibe, junto a otras ilustres personalidades, entre las que se encuentran Torrente Ballester, Neira Vilas o María Casares, la medalla Castelao de la Xunta de Galicia. Trabaja en el guión de la serie que, basada en *El Quijote*, rodará Gutiérrez Aragón. Asume la presidencia de la Fundación Cultural Rich, con el objetivo de fomentar la educación y la cultura.

1989   El 19 de octubre le es concedido el Premio Nobel de Literatura «por su prosa rica e intensa, que, con refrenada compasión, configura una visión provocadora del desamparo del ser humano». El discurso de recepción del Nobel lo titula *Elogio de la fábula*. Su lectura se realiza el 10 de diciembre, fecha en la que el rey de Suecia le hace entrega del premio.

1991   Se casa en segundas nupcias con Marina Castaño López.

1992   Recibe el Premio Mariano de Cavia de periodismo por su artículo «Soliloquio del joven artista». En la Biblioteca Nacional de Madrid se inaugura la exposición «50 años de Pascual Duarte», donde se presentan 187 ediciones del libro, tanto en español como en las numerosas lenguas a las que ha sido traducido.

1993   Es investido doctor honoris causa por la Universidad de Sarajevo. Dada la imposibilidad de realizar el acto de investidura, el rector se desplaza a Galicia para hacer entrega del título. Se inaugura una estatua dedicada al escritor, realizada por el escultor Víctor Ochoa, en la Universidad Complutense de Madrid.

1994	Recibe el Premio Planeta por su obra *La cruz de San Andrés* y la Medalla Picasso de la UNESCO.
1995	El escritor recibe el Premio Cervantes, el más prestigioso galardón literario de los países de lengua española. El 10 de mayo se inaugura en la torre del homenaje del castillo de Torija (Guadalajara) el museo dedicado a su libro *Viaje a La Alcarria*.
1996	El 11 de mayo, Juan Carlos I le concede, en el día de su octogésimo aniversario, el título de marqués de Iria Flavia. El lema que acompaña al escudo del marquesado, «el que resiste, gana», fue elegido por él mismo. El 24 de mayo recibe la Medalla de Oro al Mérito en el Trabajo, junto a personalidades como Antonio Mingote y Rafael Alberti.
1998	El 11 de mayo, coincidiendo con su aniversario, es investido doctor honoris causa por la Universidad de Ciencias Empresariales y Sociales de Buenos Aires (Argentina).
1999	Recibe el Premio Anual de la Asociación de Periodistas de Galicia y en febrero es condecorado por la Orden del Libertador San Martín, de Argentina. El 25 de mayo inaugura el Museo del Ferrocarril John Trulock. Es nombrado doctor honoris causa por la Universidad de Filipinas y por la de Kansai Gaidai (Japón). Publica *Madera de boj*, su última novela.
2002	En la madrugada del 17 de enero, Cela fallece a causa de una insuficiencia cardiorrespiratoria. Sus restos mortales son trasladados hasta Iria Flavia, donde es velado por familiares y vecinos. El día 18, la Colegiata de Santa María, lugar en el que fuera bautizado 86 años antes, es el elegido para despedirle. Reposa en el cementerio de Adina, al pie de un olivo centenario.